KB123813

로크미디어가
유혹하는
재미있는 세상

이것이 법이다

이것이 법이다 81

2020년 2월 19일 초판 1쇄 인쇄
2020년 2월 24일 초판 1쇄 발행

지은이 자카예프
발행인 이종주

총괄 김정수
경영 지원 배진경 임혜솔 송지유

기획 이기헌 왕소현 박경무
책임 편집 최전경

발행처 (주)로크미디어
출판등록 2003년 3월 24일
주소 서울시 마포구 성암로 330 DMC첨단산업센터 3층 318호, 319호
Tel (02)3273-5135 **편집** 070-7863-8592 Fax (02)3273-5134
홈페이지 rokmedia.com E-mail rokmedia@empas.com

ⓒ 자카예프, 2015

값 8,000원

ISBN 979-11-354-5665-7 (81권)
ISBN 979-11-255-9575-5 04810 (세트)

이것이 법이다

81

자카예프 장편소설

로크미디어

CONTENTS

가는 사람 그리고 오는 사람?

"나 그만둘래."

"뭐?"

노형진은 손채림의 말에 깜짝 놀랐다.

지금까지 새론에서 잘 일하던 그녀였다.

그런데 갑자기 그만두겠다니?

"아니, 갑자기 왜? 어디 다른 데로 가려고 하는 거야?"

그녀는 나름 능력이 있고 재능이 넘치는 사람이다.

분명 그녀를 부른 곳은 있을 것이다.

하지만 단 한 번도 그녀가 이곳을 떠날 거라 생각하지 못했다.

그런데 그만둔다니.

"아니, 그런 게 아니라, 새론을 그만둔다고."

"그러니까."

"아…… 그러니까 오해했나 본데, 내가 하는 일이 너무 많아."

"너무 많다고?"

"그래. 공식적으로는 난 너의 팀원이지만, 비공식적으로는 알잖아? 아스가르드."

노형진은 말문이 막혔다.

완전히 생각하지 못한 부분을 그녀가 찔렀기 때문이다.

"그게 같이 운영할 수 있는 수준이 아니야. 사실 아스가르드를 운영하려면 전담 부서가 있어야 한다고. 물론 운영 자체는 전담 부서가 있지만, 탑승 관리는 내가 혼자 하는 실정이잖아. 하루에 그거 태워 달라고 전화 오는 셀럽이 몇 명인지 알아? 부자들이야 타고 싶으면 타지만, 어지간한 셀럽들은 기회만 호시탐탐 노리고 있다고. 그것 때문에 업무가 안 될 지경이야."

"아……."

노형진이 미처 생각하지 못한 부분.

손채림이 지금 노형진의 파티용 비행기인 아스가르드와 새론의 업무를 동시에 보고 있다는 것.

"미다스로서의 너의 일도 중요하고 변호사로서의 너의 일도 중요해. 하지만 과연 진짜 믿을 만한 사람이 필요한 건 어디일까 많이 고민했어."

"그랬구나……. 미안해지네."

노형진의 변호사로서의 업무량은 절대 적지 않다.

하물며 노형진은 머리만 쓰면 되지만, 그와 관련된 서류를 작성하거나 행정적 절차를 밟고 정리하는 것은 팀원들이 해야 한다.

"그 상황에서 아스가르드까지 운영하는 건 힘들어."

아스가르드는 전 세계 부자들이 만나는 파티장이자 노형진이 미래를 위해 정보를 사냥하는 사냥터다.

"그곳에 타는 사람을 선정하고 그들의 동선을 짜고 분위기를 띄워 줄 셀럽을 선정하고 수많은 부자들의 니즈를 충족시키고……."

한숨을 푹 쉬는 손채림.

"거기에 그들에 맞게 언어를 배워야 하잖아. 나 지금 프랑스어랑 아랍어랑 중국어 배우는 거 알지? 아직은 셀럽들이 영어권이지만 부자가 영어권에만 있는 것도 아니고."

"끄응……."

"이거 사람으로서 못 할 짓이다, 진짜. 사실 최근에 주요 업무를 자꾸 다른 팀원에게 넘기는 것도 미안하고."

"그럼 네가 하고 싶은 말은, 아예 아스가르드 전담으로 운영 팀을 꾸리겠다는 거야?"

"맞아. 넌 일 저지르는 데는 타고났는데 그 뒤에 행정 뒷수습은 더럽게 못하는 거 알지?"

손채림의 촌철살인에 노형진은 아무런 말도 할 수가 없었다.

생각해 보니 그랬다.

자신은 일만 저지르고, 행정 업무는 다른 사람들이 모조리 처리해 왔으니까.

업무상 효과를 생각하면 그게 훨씬 좋은 것은 사실이지만, 문제는 노형진이 하는 업무라는 것의 규모가 상상을 초월한다는 것.

"차라리 아스가르드로 따로 회사를 만들고 운영하는 게 맞다고 생각해. 사실 너는 공식적으로 대리인일 뿐이잖아. 그런데 네가 오래 전담하면 주변에서 의심하는 사람도 있을 테고 말이야."

"내 생각이 짧았다."

문제는 그 이후다.

아스가르드는 말 그대로 신들의 전당 같은 곳이다.

전 세계 부자들이 모이는 곳이고, 그걸 관리한다는 것은 그들의 인맥을 관리한다는 말이기도 했다.

"지금까지 내가 해 온 일이고."

손채림 스스로 부자였기 때문에 그들의 세계를 잘 알고 또 그들이 원하는 것을 잘 안다.

이미 그녀가 관리하면서 그들과 상당한 인맥을 만들어 놨고.

"지금 같은 상황에서는 아스가르드의 운영은 내가 전담하는 게 맞다고 생각해. 법률적 지원이야 다른 팀원들이 할 수 있는 거지만 아스가르드는 아니잖아."

"맞아. 아스가르드는 아니지."

아스가르드는 전 세계 인맥의 핵심이다.

누군가 거기서 허튼 욕심을 부린다면 그동안 쌓아 올린 인맥은 산산이 부서질 수밖에 없다.

"부자들이 돈이 없어서 그런 걸 운영하지 않는 게 아니잖아."

아이디어가 없었을 뿐이지 돈이 없는 게 아니다.

만일 누군가 아스가르드에서 허튼짓을 해서 그 믿음이 깨진다면, 그들 중 누군가가 같은 것을 만들 것이다.

그런데 공식적으로 미다스의 대리인인 노형진은 그곳에 타기에는 급이 낮으니 타지 못할 것이다.

'그건 내 사냥터가 사라진다는 뜻이지.'

즉, 누군가 철저하게 아스가르드를 공정하게 운영해야 한다는 것이다.

"맡길 사람 있어?"

"없군."

과연 그런 어마어마한 기회를 두고 자기 욕심을 부리지 않고 운영할 만한 사람이 누가 있을까?

거의 없다고 봐도 무방하다.

물론 욕심이 없는 사람이 없지는 않겠지만, 충분한 능력까지 가진 사람을 찾는 건 힘들다.

욕심이 없는 사람이 자신의 능력을 올리기 위해 피 터지게 노력하지는 않을 테니까.

"그래서 공식적으로 말하는 거야. 차라리 회사를 만들고 내가 그쪽으로 가는 게 맞다고 생각해."

"네 말이 맞아. 누군가는 그곳을 제대로 운영해야 해."

어떻게 보면 노형진의 미래 수익을 제대로 뽑아 줄 수 있는 유일한 곳이니까.

"그러면 후임 뽑아 줘. 들어오는 대로 인수인계하고 넘어갈게."

"후우, 이거 미안해지네."

생각해 보면 노형진의 인맥을 관리해 준 것은 손채림이었다.

중국에서 노형진의 부탁을 받고 얼나이들을 통해 노형진의 인맥을 뚫어 주기 시작한 이래로, 그녀는 노형진이 신경 쓰지 않는 와중에도 여러 사람들과 연락을 주고받으면서 인맥을 유지하고 사람들을 불러왔다.

당장 아스가르드만 해도, 처음에 손채림이 불러온 셀럽들이 아니었으면 재미없고 살기만 넘치는 기업인들의 모임으로 전락했을 것이다.

하지만 손채림이 우연히 만난 셀럽들의 관계를 놓지 않고 있다가 그들을 데리고 옴으로써 파티 분위기가 훨씬 살아났고, 사람들도 부담 없이 파티를 즐기기 시작했다.

어떻게 보면 아이디어는 노형진이 만들었을지 몰라도 아

스가르드라는 존재를 성공시킨 사람은 손채림이었다.

"대신에 빠방하게 월급 줘. 나 제발 일 좀 쉽게 해 보자."

"처음 건 확실하게 챙겨 줄게. 그런데 두 번째 건…… 모르겠다. 확답 못 해 주겠는데."

"우우우……."

손채림은 입을 삐쭉 내밀었고, 노형진은 미안한 마음에 머리를 긁적거릴 수밖에 없었다.

"으어어……."

"전임자 그만둔 게 살고 싶어서 그만둔 게 맞아."

"노 변호사님, 미워해도 됩니까?"

손채림이 정식으로 사표를 내고 나간 지 2주.

그녀는 정식으로 아스가르드를 관리하는 회사를 담당하기 시작했다.

사실 생각해 보면 전 세계를 돌아다니면서 파티하는 비행기를 한국에서 관리한다는 게 말이 안 되기는 했다.

"아직도 사람이 필요해요?"

"진짜 전임자 그만둔 거 맞죠? 과로로 죽은 거 아니죠?"

그녀가 그만두고 난 후에 새로운 팀원을 두 명이나 더 보충했지만, 그들은 그 업무량에 질려 버렸다.

"하하하하."

노형진은 어색하게 머리를 긁을 수밖에 없었다.

일이 많다는 것은 알고 있었지만 혼자 하던 일을 하라고 두 사람이나 뽑았는데 둘 다 죽겠다고 할 줄은 몰랐으니까.

"조만간 한 명 더 뽑도록 하지요."

"제발 그래 주세요. 안 그러면 제가 빤스 런 하게 생겼습니다."

피곤한 표정으로 축 늘어진 팀원은 하소연 아닌 하소연을 하고 퇴근했다.

노형진은 빈 사무실에서 어색함에 입맛을 다셨다.

"그러고 보니 나 야근할 때 언제나 있었구나."

심지어 그가 퇴근할 때도 그녀는 언제나 회사에 남아 있었다.

"내가 일중독자인 줄 알았는데 내가 아니라 채림이였네. 이거야 원, 나 진짜 눈치 없네."

다시 한번 미안함에 머리를 긁적거리는 노형진.

"일단은 사람을 더 충원해야겠네. 내가 사건이 많다 보니, 이거 원."

서류를 정리하면서 고개를 흔들던 노형진은 문득 울리는 자신의 핸드폰으로 시선을 향했다.

"뭐지?"

거기에 찍혀 있는 전화번호.

다름 아닌 안 보살의 전화번호였다.

유민택이 추천해 준 용한 무당.

"보통은 연락 안 하시는데?"

그는 절대 먼저 연락하는 경우가 없었다.

그런데 먼저 연락이 오다니?

그 순간 '띠링' 하고 날아오는 문자 하나.

-지금 당장 여기로 올 것.

"지금?"

언제나 느긋하던 안 보살과는 어울리지 않는 말이다.

그리고 다시 한번 울리는 문자 소리.

-빨리 올 것.

무슨 일이 벌어졌는지 모르겠지만, 다른 사람도 아니고 안 보살이 이렇게 나올 정도라면 아주 큰 일이 벌어진 것이 분명했다.

"손님 중에 큰 사건을 가지고 온 사람이라도 있나?"

그런 거라면 자신의 전화번호를 주지 굳이 오라고 하지는 않았을 것이다.

"아무래도 이상한데?"

노형진은 왠지 모를 불안감에 서둘러서 자리에서 일어났다.

그곳에서 어떤 사람을 만날지 전혀 예상하지 못한 채.

"보살님, 무슨 일이기에 전화를 다 하셨습니까? 다급하게 일이 터진 건가요? 차라리 통화를 하시는 게……."

말을 하며 안 보살의 방으로 들어가던 노형진은 그 앞에 누군가 앉아 있는 것을 보았다.

그 남자도 노형진이 문을 열고 들어오자 고개를 돌렸는데, 그 사람을 보고 노형진은 눈을 찌푸렸다.

"오광훈, 너……."

오광훈.

노형진의 사법연수원 동기. 성적은 20위권대였다.

사실 친하지는 않았다.

아니, 친할 수가 없었다.

"네가 여기 왜 있는데? 또 무슨 협박질이라도 하고 있었냐?"

친해질 수 없는 가장 큰 이유.

그것은 오광훈이 공부만 잘하는 질 나쁜 모범생이었기 때문이다.

공부를 잘해서 사법시험도 통과하고 사법연수원 성적도 좋아 검사가 되었지만 그 성정이 애초부터 좋지 않아서, 아니 나빠서 알음알음 가해자들에게 뇌물을 받고 사건을 덮어 주거나 조작하고, 심지어 피해자에게 수사를 제대로 해 주는 조건으로 성 상납을 요구했다는 소문이 도는 등 악질적인 검사의 대명사 같은 녀석이었으니까.

"아니면 뭐, 이제야 하늘의 벌이라도 받을 것 같으니까 부적이라도 하나 써 가려고?"

그것뿐만이 아니다.

그렇게 질이 안 좋은 주제에 얼굴은 진짜 연예인 저리 가라 할 정도로 잘생기고 몸 관리도 잘해서, 수많은 여자들을 가지고 놀았던 전력도 있다.

심지어 사법연수원에서도 여자 동기 세 명을 가지고 놀다가 하마터면 잘릴 뻔한 전력도 있고.

"하늘의 벌이라……."

안 보살은 노형진이 그를 안다는 것에 왠지 놀랍다기보다는 미소가 지어지는 모양이었다.

의외로 다급한 표정은 아니었다.

"이미 받은 것 같네만."

"네? 그게 무슨 말씀이세요?"

놀란 표정으로 앉아 있는 오광훈.

그가 벌을 받았다고?

"아저씨 나 알아요?"

"아저씨? 이 새끼가 미쳤나?"

노형진은 자신을 모른 척하는 오광훈의 말에 어이가 없었다.

자신과 사사건건 신경전을 벌이던 주제에 모른 척이라니.

"이제 와서 뭐, 기억상실 연기라도 하는 거냐?"

"진짜로 나 알아요? 아니, 저기…… 그러니까."

횡설수설하면서 곤란한 표정이 되는 오광훈.

그런데 안 보살의 말이 이상했다.

"긴장하지 말어. 어차피 저놈도 너랑 같은 놈이여."

"네? 어느 조직 출신인데요?"

"조직? 뭔 개소리야?"

아까부터 헛소리를 하는 오광훈을 미심쩍은 눈빛으로 바라보는 노형진.

"형진아, 너랑 같은 놈이라니까."

"안 보살님, 솔직히 이런 놈이랑 엮이는 거 기분 나쁩니다. 이거 개쓰레기예요."

"네가 아는 사람이라면 그렇지."

"네?"

"죽다 살아난 놈이 왜 그리 눈치가 없어?"

노형진은 순간 움찔했다.

죽다 살아난 사람.

노형진이 안 보살에게 자신이 회귀했다는 사실을 말한 적은 없다.

하지만 그는 어느 정도 예상하는 듯했다.

물론 그에 대해 언급한 적은 없지만.

"뭐, 위험한 사고라도 겪은 건가요? 그러면 알아서 해결하라고 하세요. 검사예요, 이놈."

"그런 구사일생이 아닐 텐데?"

안 보살의 말에 다시 한번 오광훈을 바라보는 노형진.

"이놈이 뭔데요?"

"지 말로는 윤태우라는데?"

"그게 누군데요?"

"조폭이란다?"

"네?"

노형진은 미심쩍다는 표정으로 바라보았고, 오광훈은 슬슬 눈치를 살폈다.

"저놈이 그래요?"

"그래."

"미친 건가요?"

"내가 봐서는 아닌 것 같은데."

노형진은 다시 오광훈을 바라보았다.

같은 구사일생.

'설마 나 같은 회귀자인가?'

회귀한 후에 노형진은 가끔 그런 생각을 했다.

진짜로 회귀자는 나만 있는 걸까?

혹시 다른 사람들도 있는 게 아닐까?

그래서 사회적으로 성공한 사람들의 기억을 읽어 보기도

했다. 전부 허탕이었지만.

그런데 이 사람이 같은 회귀자라고?

"조폭인데 검사가 되었다고요?"

"자기 말로는 그렇다네."

안 보살은 문자와 다르게 느긋하게 말했다.

"내가 오광훈에 대해서는 잘 모르겠다만, 이 사람은 그냥 우연은 아닌 것 같아서 불렀다."

"우연은 아니다라……."

노형진은 다시 한번 오광훈을 바라보았다.

몸서리칠 정도로 잘생긴 얼굴.

그런데 그 눈에 가득한 당혹감.

'그러고 보니 그 새끼가 내 앞에서 이런 모습을 보일 리가 없지.'

서로 본능적으로 맞지 않는 사이라고 해야 할까?

그래서 사법연수원 다닐 때도 사사건건 부딪쳤다.

그곳을 나온 이후에는 서로 단 한 번도 연락하지 않았고.

그가 들은 거라고는 오광훈이 쓰레기 짓을 하고 다닌다는 동기 검사들의 말뿐이었다.

"어…… 그러니까……."

오광훈은 진땀을 흘렸다.

"이분이 제 사정을 알아줄 거라고……."

"내가 언제 알아줄 거라고 했어? 알아줄 수도 있다고 했지."

"그게 그거 아닌가요, 보살님?"

"내가 다 알면 여기서 보살 하냐? 로또 사서 그거로 먹고 살지, 이눔아."

오광훈을 타박하는 안 보살.

노형진은 일단 조심스럽게 물었다.

"그래서 지금 어디서 지내고 있는데?"

"윤태우에 관한 자료입니다. 그런데 웬일로 이런 데 관심을 다 보이세요?"

고문학은 자료를 가져다주면서 고개를 갸웃하며 물었다.

조폭과 엮이는 것을 그다지 좋아하지 않는 노형진이 조폭에 관한 자료를 가져다 달라고 부탁하다니.

"좀 알아볼 게 있어서요."

노형진은 대충 둘러대면서 그 자료를 열었다.

'윤태우라……'

윤태우.

서울 지역에서 상당한 규모를 가지고 활동하던 남서울파의 보스.

나이는 38세. 학교는 중학교 중퇴. 전과는 폭력 3범.

사망은 3년 전, 그러니까 한만우가 본격적으로 진출하면서 흡수하기 직전.

"사인은 후두부에 생긴 열상이라……."

그 당시 기록에 따르면, 술에 취해서 누워 있던 윤태우를 누군가 뒤에서 쇠 파이프 등으로 내려쳐 즉사시킨 것으로 추측된다고 했다.

수사 결과는 미결 사건.

즉, 범인이 누구인지도 알아내지 못했다는 것.

남서울파는 그 후 한만우가 들어오자 항쟁을 시도하다가 와해.

"회귀라고 해야 하나, 이거?"

일단 기록에 따르면 죽은 건 맞다.

그런데 과거로 온 게 아니라 미래로 와 버렸다.

그것도 얼빵한 머리로.

"끄응…… 도대체 왜?"

도대체 무슨 이유가 있어서 그가 회귀했단 말인가?

"하아, 보내시려면 제대로 된 놈을 보내시든가."

아무것도 모르는 중퇴 출신의 조폭이라니.

그러고 보니 사는 곳도 여관이란다.

집 주소는 주민등록증에 적혀 있어서 알아냈는데, 비밀번호를 몰라서 못 들어가겠다나?

"거기에다 왜 하필이면 오광훈이야?"

노형진은 자신도 모르게 툴툴거렸다.

이제는 사라진 진짜 오광훈이 안타까워서?

아니다. 오광훈은 검사다.

즉, 한국에서는 제대로 공부한 인텔리라는 소리다.

그런데 중퇴 출신의 조폭인 윤태우가 비밀번호를 몰라서 자기 집에 못 들어간다는 것은, 오광훈의 기억은 물려받지 못했다는 소리다.

"왜 하필이면 검사냐고."

노형진은 툴툴거렸다.

혹시나 오광훈이 구라 치는 줄 알고 그의 기억도 읽어 봤다.

하지만 나오는 것은 윤태우라는 사람의 당혹감뿐이었다.

즉, 오광훈은 진짜로 사라진 것.

"후우."

모른 척하자니, 같은 회귀자로서 그냥 둘 수가 없다.

더군다나 아무런 이유도 없이 그가 다시 살아난 것 같지는 않았다.

"결국…… 알아보는 방법뿐인가?"

노형진은 사진란에 있는, 이제는 볼 수 없게 된 윤태우의 얼굴을 보면서 눈살을 찌푸릴 수밖에 없었다.

⚖

"진짜로 들어갈 수 있나요?"

"있어요. 그러니까 걱정하지 마세요."

"말 낮추세요. 그래도 선배님인데."

'아니, 무슨 회귀에 선배가 있어?'

윤태우는 회귀 선배도 선배라고 깍듯이 존댓말을 하고 있었다.

진짜 오광훈이면 절대 안 할 짓이다.

조폭 출신이라더니 진짜 쓸데없는 부분에서 선후배를 따지는 윤태우를 보며 노형진은 머리가 지끈거렸다.

"그래도 불편한데."

"아이고, 선배님. 그러지 마세요. 제가 더 불편합니다."

"선배라니……. 하아, 알겠습니다. 아니, 알았다. 어차피 같이 움직여야 하니까 말 놓자."

"넵!"

"넵이 아니라 너도 말 놔."

"아니, 어찌 하늘 같은 선배님에게……."

"그건 조폭 논리고. 우리는 동기라고, 동기! 다른 사람들이 어떻게 보겠어? 거기에다 나이로 보면 네가 나보다 많다고!"

"어…… 응……. 그러니까…… 좋게?"

"그냥 제발 말 놔라."

"어…… 네……. 아니, 네. 아니, 응."

"미치겠네."

사실 나이순으로 하면 자신이 말을 올려야 한다.

동기이기는 하지만, 오광훈이 나이가 더 많았으니까.

심지어 죽을 당시의 윤태우도 지금 노형진보다 나이가 많았다.

"그리고 아까부터 말했지만, 넌 이제부터 윤태우가 아니라 오광훈이야."

"하지만 제가 배운 게 없어서……."

"그럼 다시 살아났다고 떠들다가 정신병원에 가든가."

윤태우, 아니 오광훈은 입을 다물었다.

그건 싫을 테니.

"여기인가?"

제법 비싸 보이는 아파트.

현관에는 비밀번호식 도어 록이 붙어 있었다.

"여기서 들어갈 방법이 없어서요."

'그거야 어렵지 않지.'

노형진은 도어 록의 기억을 읽고 능숙하게 안으로 들어갔다.

"어떻게 아셨어요?"

"전에 알던 사이니까. 그리고 반말하라고, 반말."

물론 번호 같은 건 전혀 몰랐지만.

"그나저나 살아나고 나서 뭐 바뀐 거 없어?"

"바뀐 거요? 아니, 바뀐 거?"

"특수한 능력 같은 거 생기지 않았냐고. 뭐, 힘이 강해졌다거나 기억을 읽을 수 있게 되었다거나."

오광훈은 잠깐 생각을 하다가 고개를 흔들었다.

"전혀 없는데요. 아니, 없는데."

'나만 그런 건가?'

일단 현 상황에서는 오광훈에게 특수한 능력은 없다.

노형진은 당분간은 자신의 능력을 감추는 게 낫겠다고 생각하면서 엘리베이터에서 내렸다.

"어…… 또 도어 록인데. 이거 아세…… 아니, 알아?"

"알기는 하는데."

노형진은 그걸 입맛을 다셨다.

비밀번호를 알아내는 거야 어렵지 않다.

하지만 이번에는 그럴 필요가 없다.

"비밀번호보다는, 열쇠로 열지?"

"열쇠? 무슨 열쇠?"

"주머니에 있는 거."

"어?"

주머니를 뒤지던 오광훈은 신기하게 생긴 뭔가를 꺼내 들었다.

둥그런 자석처럼 생긴 물건.

"그게 열쇠잖아."

"아니, 이게 무슨 열쇠야?"

"자석식 열쇠야, 자석식."

노형진이 그걸 그의 손에서 낚아채서 문에 대자 문은 '삑'

소리와 함께 열렸다.

"오오오!"

안으로 들어가는 두 사람.

아파트 내부는 무척이나 넓었다.

서울 시내 한복판의 38평형 아파트.

검사 월급으로는 절대 살 수 없는 곳.

"이런 곳에서 살았나? 이야, 오광훈 이 개새끼."

"네가 오광훈이야. 그리고 왜 알지도 못하면서 욕을 해?"

"알지 못하기는요. 아니 아니, 잘 알지. 그 새끼가 나 처넣
은 놈인데."

"뭐? 널 잡아넣은 게 오광훈이야?"

"그러니까 그 새끼가 나를, 아니 내가 나를…… 아니……
뭐라고 해야 하나, 이런 시발."

헷갈리는 건지 머리를 긁적거리는 오광훈.

노형진은 한숨을 쉬면서 집 안으로 들어갔다.

일단 그의 생활부터 알아내야 하니까.

"별거 없는데."

집은 깔끔했다.

하긴, 오광훈은 혼자 산다.

그러니 누가 집을 어지럽힐 일도 없다.

'흔적을 봐서는 청소부가 와서 청소해 주는 것 같고.'

그렇지 않으면 남자 혼자 사는 집이 이렇게 깨끗하기는 힘

들다.

"헉! 이거 봐, 이거! 누구랑 같이 사는 모양인데? 어쩌지?"

당황하는 오광훈.

노형진은 뭘 가지고 호들갑인가 하고 옷 방에 갔다가 한숨을 푹 쉬었다.

"오해할 만하기는 한데."

서랍에 가득한 여자 속옷.

정확하게 말하면 팬티들.

그걸 보면 여자와 함께 사는 것 같기는 하다.

한 가지 문제만 빼고.

"브래지어는 없잖아."

"어? 그런데 왜 팬티만 이렇게 가득해?"

"그 새끼 버릇이야."

"버릇?"

"그래. 그 반반한 면상을 이용한 일종의 트로피."

자신이 꼬셔서 관계한 여자들의 팬티를 훔쳐 트로피처럼 보관하는 것이 오광훈의 버릇이었다.

"이거…… 백 개도 넘겠는데? 와, 이 개자식. 너 같은 놈 때문에 내가 혼자 지내다니."

'그건 아닌 것 같은데.'

생각해 보면 오광훈과 윤태우는 참 상반된 외모를 가지고 있다.

사진에서 본 윤태우는 차마 잘생겼다고는 결코 말할 수 없는 외모였다.

칭찬을 한다고 해 봐야, 남자답게 생겼다 정도?

"일단은 여기서 살아야 하니까 잘 살펴. 이상한 거 있으면 바로 알려 주고."

"오오오! 그런데 이건 뭐야, 저 상자처럼 생긴 거?"

"옷을 넣고 관리하는 가전제품이야. 스타일러라고."

"옷을 왜 가전제품에 넣고 관리해?"

"그건……. 아니다."

아무래도 살아온 환경이 다르니 이건 답이 없다.

아무래도 뭐든 배우려면 상당한 기간이 걸릴 것 같았다.

"당분간은 여기서 공부해. 병가 내 났으니 최대한 뭐라도 주워들어야 사건을 해결하지."

"공부 싫다."

"그런 말 할 처지냐?"

검사인데 법을 전혀 모르면 누가 봐도 이상하니까.

"하다못해 이거라도 읽어 봐."

두꺼운 책을 꺼내서 그에게 던져 주는 노형진.

"이거 뭐라고 하는 거야?"

"그건 《형법 총칙》이라고……. 아이고, 맙소사."

법이 문제가 아니었다.

한국의 법 관련 용어는 한자가 엄청나게 많다.

당장 책 제목부터 한자로 '형법 총칙刑法 總則'이라고 적혀
있다.

법 공부는커녕 한자 공부부터 해야 되게 생겼다.

"이걸 공부하라고?"

책을 연 오광훈의 얼굴이 창백해졌다.

그럴 수밖에 없는 게, 내용의 3분의 1은 한자니까.

"하얀 건 종이요, 검은 건 잉크네."

한숨을 푹 쉬는 오광훈.

노형진도 한숨이 나왔다.

"도대체 내가 전생에 무슨 죄를 지어서 이렇게 태어난 건
지……."

"이 경우는 현생이라고 해야 하지 않나?"

그렇게 말하던 노형진은 문득 궁금한 게 생겼다.

그러고 보니 윤태우는 죽은 이유를 안다.

그런데 오광훈은?

"그러고 보니 다시 살아난 첫날에 대해선 못 들었네. 눈떠
보니까 집이었던 거야?"

하지만 그건 아닌 것 같다.

그랬으면 여기를 알 테니까.

"아니."

"그러면 여자 옆?"

"그랬으면 좋았을 것을."

그는 입맛을 쩝쩝 다셨다.

"병원이었어."

"병원?"

"그래. 해독이 잘되었다고 하던데?"

"해독?"

"모르지. 의사는 그렇게 말했어. 난 당황해서 바로 나왔고."

"그 후에는 지금 상태란 말이지."

그는 다급한 마음에 무당을 찾아갔는데, 다행히(?) 그곳에서 노형진을 만난 것이다.

"그 후에는 병가를 냈고, 지금까지 모텔에서 잔 거지."

머리를 긁적거리는 오광훈.

노형진은 그런 그를 보면서 입맛을 다셨다.

'해독이라……'

그가 독을 먹고 실려 왔다는 건데.

'그 새끼가 알아서 독을 처먹었을 리는 없고.'

세상 사람 다 뒈져도 자기는 살겠다고 발버둥 칠 놈이 과거의 오광훈이다.

그런 놈이 스스로 독을 먹었을 리는 없다.

'누군가 죽인 건가?'

누군가 오광훈을 죽였고, 그 후에 오광훈의 몸으로 윤태우가 들어간 것.

'그런데 왜 하필이면 윤태우냐고.'

차라리 정의감 넘치는 검사 출신의 영혼을 넣어 줬으면 문제 될 것도 없는데 중학교 중퇴 출신의 조폭이라니.

"끄응……."

"왜 그래?"

"아니, 아니야."

"그나저나 쌍놈의 새끼. 진짜 변태네. 자기가 따먹은 여자 팬티는 왜 모은 거야?"

"그런 놈이라니까. 그놈이 조금만 아차 했으면 아마 연쇄살인마 콜렉터가 되었을 거다."

"오, 핸드폰이다."

그러는 사이 오광훈은 다른 곳에 있던 핸드폰을 발견해서 집어 들었다.

그리고 돌연 얼굴이 사색이 되었다.

"어…… 음……."

"왜?"

"나 복직하면 큰일 날 것 같은데."

다행히 지문 인식인지라 어렵지 않게 풀 수 있던 핸드폰에 가득한 문자들.

―오빠, 연락 왜 안 해? 뭔 일 생긴 거야?

―다른 여자 만난 거 아니지?

―검사님, 보고 싶어요.

–뜨거운 밤을 못 잊겠어.

엄청난 수의 문자들.
그런데 그걸 보낸 사람들이 다 다른 여자들이다.
"수사관이라……. 이 새끼가 증말……."
심지어 수사관이라는 이름까지 있는 걸 보니 같이 일하는
여자까지 꼬신 모양인데.
"너한테 필요한 건 한자 공부가 아니라 연기 공부겠다."
"연기?"
"준비도 없이 갑자기 기억상실 연기를 펼칠 수는 없을 거
아냐."
오광훈의 얼굴이 사색이 되었다.
"끄응…… 연기, 연기……."
"일단 당분간은 계속 답장하지 마. 무조건 씹어."
노형진은 그렇게 말하면서 뭐든 찾아보기 위해 이곳저곳
을 뒤지기 시작했다.
하지만 깔끔하다 못해 아무것도 없는 수준의 방.
'이상한데.'
노형진은 그걸 보고 고개를 갸웃했다.
물론 아줌마가 청소하고 간다고 해도, 결국은 어느 정도다.
이렇게까지 깔끔하게 정리해 주지는 않는다.
'거기에다 그 새끼, 팬티 손대는 거 무척이나 싫어하는데.'

자신의 트로피라며, 다른 사람이 손대면 지랄 발광하던 오광훈이다.

그걸 듣고 노형진은 진짜 미친놈이라고 생각했다.

물론 팬티는 깔끔하게 정리되어 있다. 색깔별로 말이다.

'이 녀석이 이렇게 깔끔하게 정리해 두는 타입이었나?'

물론 상대적으로 깔끔한 편이기는 하지만, 어찌 되었건 남자니까 그런 면에서는 좀 부족하다.

남자가 여자 속옷을 정리해 본 적은 없을 테니까.

거기에다 그가 가지고 있던 변태성욕을 생각하면 이렇게 정리되어 있는 것도 이상하고.

'그리고 보면 이상한 게 한두 개가 아니야.'

아무리 오광훈이 오랜만에 왔다고 해도 어느 정도 삶의 흔적이 있어야 하는데, 청소의 수준을 보면 그런 게 거의 없다.

설거지 같은 건 그렇다고 쳐도, 양말 한 켤레 정도는 남아 있어야 정상이다.

아줌마가 빨래를 한다고 해도, 어느 정도 모아서 할 테니까.

"필요 이상으로 깨끗해."

"그게 문제가 되나?"

"문제가 되기는 하지."

노형진은 그런 환경을 보면서 눈을 찌푸렸다.

그도 한번 겪었던 일이니까.

누가 봐도 완벽하게 정리된 듯한 느낌.

'내 집도 마찬가지였고.'

그가 회귀 전 국정원의 감시를 받을 때 딱 이랬다.

안에 들어가서 싸그리 뒤지고, 그들은 똑같이 정리하고 간다.

심지어 쓰레기 위치 하나까지 사진을 찍어 가면서 그대로 두기 때문에 당한 사람은 당했다는 것도 모른다.

그때도 노형진이 자신의 집을 뒤진 걸 알아챈 것은, 물건이 이상해서가 아니라 바닥에 떨어진 콘택트렌즈 때문이었다.

노형진은 콘택트렌즈는커녕 안경도 안 쓰니까.

'그렇다면……'

노형진은 슬쩍 서랍에 손을 올리고 기억을 읽었다.

가장 최근의 기억.

그와 오광훈을 뺀 기억.

그 기억 속에서, 검은 양복을 하얀 실험복으로 가린 남자들이 온 집 안을 뒤지고 있는 것이 보였다.

한 명은 사진을 찍고, 한쪽은 뒤지고, 나머지는 그 사진을 보고 똑같이 정리해 둔다.

'이게 문제였군.'

그중 정리하는 쪽. 그 사람이 여자였던 것이다.

그녀는 버릇대로 속옷을 깔끔하게 정리했는데, 사실 비슷하게 정리한다고 해도 남자의 손길과 여자의 손길은 전혀 다를 수밖에 없었던 것.

순번은 맞지만 접는 방식이 미묘하게 깔끔했다.

'도대체 왜…… 어?'

노형진은 계속 기억을 읽다가 생각지도 못한 기억을 만났다.

진짜로 고민하는 오광훈의 기억.

'그놈이 이런 고민을 한다고?'

이득만 된다면 뭐든 해 먹을 놈이?

하지만 그 고민의 깊이는 어마어마했다.

'나는 괴물이 아니다?'

아주 짧은 시간 스치고 지나간 기억.

자타 공인 쓰레기라 불리는 오광훈이, 자신은 괴물이 아니라면서 고통스러워하는 기억이라니.

"너…… 도대체 무슨 일에 엮인 거냐?"

노형진은 등골을 타고 흐르는 한기에 떨 수밖에 없었다.

⚖

상황을 보면 결론은 나와 있었다.

오광훈은 사건에 엮였다.

그리고 그는 그 사건 때문에 고민을 했다.

쓰레기라 불릴 정도로 개판이었던 그조차 고민할 정도의 사건.

그리고 누군지 모르지만 그 사건을 감추고자 했던 사람은, 오광훈을 죽이려고 했다.

몰래 들어와서 뒤질 정도면 일반인은 아닐 테고…….

'오광훈이 그런 기회를 놓칠 리가 없지.'

무슨 방법을 써서든 그런 존재에 선을 대서 승진하려고 했을 게 오광훈이다.

그럼에도 불구하고 죽었다.

'그 말은, 오광훈이 승진이 아니라 수사를 결정했다는 거지.'

일반적인 사건이라면, 노형진이 아는 오광훈이라면 덮는 걸 선택했을 것이다.

하지만 그는 수사를 결정했고, 독을 먹고 죽었다.

'쓰레기조차도 감출 수 없는…… 인간적으로서 용납할 수 없는 그런 범죄라는 건데.'

문제는 그게 어떤 거냐는 거다.

거기까지 생각이 미치자 답이 나왔다.

"나보고 출근하라고?"

윤태우, 아니 오광훈은 노형진의 말에 깜짝 놀랐다.

"내가 아는 오광훈은 쓰레기야. 그리고 쓰레기답게 행동했지."

"그게 무슨 말이야? 나보고 쓰레기 짓을 하라는 거야? 뭐, 그런 거야 내가 아주 잘할 수 있는…….”

"그게 아니라, 그 새끼가 제 손으로 독을 처먹을 놈은 아니니 누군가 다른 놈이 먹였다는 건데, 오광훈의 과거 행적을 생각하면 그건 녀석과 아주 가까운 놈이라는 거야."

그는 자신보다 못났다고 생각한 사람들에 대한 배려가 전혀 없었다.

당연히 그런 사람들과 어울려서 밥을 먹거나 음식을 먹지도 않았다.

대놓고 무시하는 그런 타입이었으니까.

"그런 녀석이 독을 먹었어. 그럼 누군가가 그 녀석과 같이 먹을 때 몰래 먹였다는 건데, 그게 누굴까?"

히끅거리면서 딸꾹질을 하는 오광훈.

"아마도 주변에 있을 거야. 그리고 그들은 오광훈이 죽었다고 생각했겠지."

그러니 사람을 보내서 온 집 안을 뒤졌을 것이다.

"아마도 어딘가에 수사 자료나 증거가 있을 거라 생각했을 테니까."

하지만 찾지 못했다.

그건 기억을 읽어서 확인한 부분이다.

다만 그 사건이 어떤 건지는 그들도 알지 못했다.

"오광훈이 나타나면 그들은 다시 움직일 거야."

"나…… 나보고 죽으라고?"

"아니, 한 번은 죽었잖아."

"그건 너도 마찬가지잖아!"

"그러니까 해 볼 만하지 않겠어? 죽는 게 두려워?"

"그건……."

죽음이 두려운 이유.

그건 그 뒤에 뭐가 있는지 알 수가 없기 때문이다.

천국으로 갈지 지옥으로 갈지 아니면 진짜로 아무것도 없는지 환생을 하는지, 알 수가 없다.

그래서 두려운 거다.

"다시 살아났잖아."

"다시 또 그러리라는 법은 없잖아!"

"혹시 알아? 좋은 일 하다가 죽으면 끝내주는 연예인으로 다시 살아날지? 그것도 기억을 가진 채로!"

"끄응……."

오광훈은 고민하는 눈치였다.

"그리고 어차피 네가 살아 있다는 건 알려질 수밖에 없어. 넌 병가를 낸 거지 죽은 게 아니니까. 그러면 그들이 어떻게 하겠어?"

"큭……."

어떻게 해서든 다시 죽이려고 할 것이다.

그렇다면 차라리 검사로 활동하는 게 안전하다.

대놓고 노리지는 못할 테니까.

"으으…… 왜 하필 이런 녀석으로 되살아나서……."

"되살아난 몸은 좋지. 그 머리가 안 좋을 뿐."

노형진은 혀를 끌끌 차면서 말했다.

"일단은 가서 복귀해."

"하지만 서류는······."

"으으음······."

그게 문제다.

다른 사람도 아니고 검사다.

검사가 검사 일을 못하면 심각한 문제가 된다.

"일단 내가 사람을 좀 써야겠네."

서류 작업이나 수사 같은 건, 당분간 대신할 사람들을 골라서 시키는 수밖에 없다.

검사로서 법정에 설 때는 그때그때 단기 강의하는 수밖에 없고.

"젠장. 왜 날 죽이지도 않은 놈들을 잡자는 거야? 어떤 면에서는 생명의 은인인데."

"어떤 면에서는 널 죽일 사람들이지. 진짜로 죽고 싶어?"

오광훈은 똥 씹은 표정이었다.

죽기는 싫을 테니까.

"알았어, 알았다고. 출근하면 되잖아."

"잘할 수 있어?"

"그래, 잘할 수 있어."

하지만 노형진은 그 말을 믿을 수가 없었다.

이것이 법이다

나는 괴물이 아니다

"으허허!"

"엉엉엉!"

오광훈으로서 출근한 첫날. 노형진은 불안감에 따라나섰다가 생각지도 못한 문제를 목도했다.

"이거…… 오광훈이 문제가 아닌 것 같은데?"

오광훈을 붙잡고 말 그대로 대성통곡을 하는 여자들.

그렇다. 여자도 아니고 여자'들'이다.

거기에다 그중 한 명은 아무리 봐도 검사인데…….

"아…… 이 망할 새끼. 회사에서는 좀 적당히 건드렸어야지."

당황해서 어쩔 줄 모르는 오광훈을 보고 고개를 흔든 노형진은 슬쩍 그곳에서 빠져나왔다.

혹시나 다급하게 자신에게 다가올까 봐서였다.

다행히 그런 일은 벌어지지 않았고, 점심시간쯤 되어서 반쯤 영혼이 나간 오광훈이 터덜터덜 걸어, 아니 기어 나왔다.

"망할 새끼."

"그래, 망할 새끼."

그들은 이제는 듣지 못하는 몸뚱아리의 원주인에게 욕설을 날리고는 커피를 마셨다.

"어때? 아까 한 명, 검사 같던데."

"일단은…… 정리되지 않은 건 세 명 정도인 것 같아."

복잡한 상황을 피하기 위해 오광훈의 핸드폰으로 여자들을 정리했다.

다행인지 불행인지, 말 그대로 재미로 만나던 여자들은 쉽게 이별 통지를 받아들였다.

다만 일부 진지하게 오광훈을 생각하던 여자들이 문제였는데, 그들은 오광훈이 된 윤태우가 자신의 전직의 경험에서 배운 온갖 욕을 하면서 잘라 내는 수밖에 없었다.

가슴 아프고 미안한 일이기는 하지만, 현 상황에서 그녀들과 연관되면 문제 될 게 많으니까.

"하지만 회사에 있던 세 명이 문제네. 방법 없어. 일단 모른 척해, 무조건."

"끄응…… 끄응……."

"뭔 놈의 조폭이 그런 걸 가지고 고민해? 미안해서 그러는 거야?"

"그게 아니라…… 나도 남자거든. 여자가 그렇게 매달리는데 반응을 안 하는 게……."

"넌 진짜……. 아니다."

노형진은 나이를 좀 먹은 상태에서 회귀해서 그런지, 그런 면에서는 초탈한 편이다.

하긴, 전 와이프에게 제대로 뒤통수 맞은 심리적 충격도 없지는 않을 것이다.

하지만 오광훈은 원래 전직 조폭.

여자가 생각나면 술집에 가서 품는 인간이었으니…….

"그래도 안 된다."

"알아, 씨발……. 나도 사람인데…… 어떻게 나쁜 짓을 하고 살아?"

이전에는 어차피 한 번뿐인 세상, 막나가자는 생각으로 살았지만, 지금은 죽었다가 다시 살아났다.

이는 즉, 죽은 다음에 뭔가가 있다는 뜻이다.

"기억 못 하는 것일지도 모르지만, 또 모르지, 내가 죽어 있던 3년 동안 내 영혼은 지옥에서 존나게 굴렀는지. 이젠 진짜 나쁜 짓은 못 하겠다."

툴툴거리는 오광훈.

그는 버릇처럼 담배를 찾는 듯 주머니를 뒤지다가 입맛을 다시면서 손을 내렸다.

"아, 참, 끊었지."

"별일이네."

"지옥에 가기 싫어서라도 바른 생활이나 해야지."

그가 허공을 보고 그렇게 말하자 노형진은 잠깐이나마 피식 웃을 수 있었다.

"그나저나 뭐 이상한 거 없어?"

"이상한 거? 있을 리가. 여자 세 명이 붙잡고 질질 짜는데 뭐 느낄 틈이 있겠어?"

"아, 그런가?"

"그래."

"흠……."

아직 감시하는 게 아닐까?

아니면 다른 곳에서 만난 사람이 한 건 아닐까?

여전히 의문이 많이 남는 것은 사실이다.

"당분간은 안 걸리게 조용히 일해."

"알았어. 안 걸리게 말이지."

오광훈은 고개를 끄덕거렸다.

⚖

"너 미쳤냐? 약 처먹었…… 아니, 처먹었구나. 하여간 이 미친 새끼야! 개념은 병원에 두고 왔냐?"

이것이 법이다

오광훈에게 화를 내는 부장검사.

그는 머리를 부여잡고 오광훈을 노려보았다.

"왜 절도에 징역 3년이나 때려! 미쳤냐? 어?"

"법적으로 그게 맞으니까요?"

"아오, 이 미친 새끼야! 고작 옷 한 벌 훔친 거다! 옷 한 벌! 그런데 무슨 징역 3년이야!"

"우우움……."

오광훈은 이해가 안 간다는 표정으로 말했다.

"지난번에는 라면 다섯 개 훔쳤다고 징역 1년 때리라고 하셨잖아요? 그 기준을 적용한 건데요."

"그때랑 같냐? 그때랑 같아?"

"다른가요?"

"아나, 이 미친 새끼야! 그분이 누군지 몰라서 이래? 그분, 국회의원 따님이야!"

"그런데요?"

"그런데요? 그런데에요? 이 새끼가 진짜 약 처먹더니 미쳤나!"

미치고 팔짝 뛸 것 같은 표정이 되는 부장검사를 보면서 정작 미칠 것 같은 것은 다름 아닌 오광훈이었다.

'아니, 차이가 뭔데?'

4천 원짜리 라면 한 묶음을 훔친 노숙자에게는 징역 1년을 내리라면서, 백화점에서 시가 480만 원짜리 명품 목도리를 훔친 여자는 기소유예를 내리라니?

"상습성이 다르잖아, 상습성이! 그 노숙자 새끼는 전과 4범이야, 이 새끼야!"

"여자도 전에 기록이 있던데요? 그리고 노숙자가 전에 훔친 건 고작해야 2만 원 이하인데요."

"너 변호사 진술서 못 봤어? 생리 불순으로 인한 도벽이라잖아!"

"자기가 미친 거랑 도둑질하는 거랑 뭔 관계래요?"

"야, 이 개새끼야!"

결국 소리를 빽 지르는 부장검사.

오광훈은 그런 그를 보면서 속으로 울고 싶었다.

'아니, 내가 뭘 잘못했는데!'

노형진에게 배운 대로 한 것뿐이다.

그런데 부장검사는 거품을 물고 물어뜯는다.

"닥치고 다시 해 와! 다시!"

허공을 날아가는 서류를 보면서 오광훈은 한숨을 푹 쉬었다.

⚖️

"끄응……."

노형진은 오광훈이 가지고 온 사건을 보고 진짜 답이 없다는 생각을 했다.

이것이법이다

"이게 뭐가 달라?"

"권력을 가지고 있느냐 없느냐의 차이."

"고작 그것뿐?"

"그게 전부야. 그리고 사실 라면 사건도 좀 과한 거야. 그렇게 시킨 부장검사도 미친놈이기는 한데…….."

검찰에서 정한 사건 처리 지침에 따르면, 고작 라면 다섯 개를 훔쳤다고 징역 1년을 구형한 것은 과하다 못해 미친 짓이다.

얼마나 당황스러우면, 피해자가 뭘 라면 다섯 개 가지고 그러느냐고 검사에게 탄원서를 보냈을까?

"익숙해져야 할 거야. 그 세계에서는 흔한 일이니까."

"웃긴 놈의 세상이야. 조폭들이랑 별반 다를 바 없네."

"원래 사람 사는 세상이 다 똑같지."

"에이, 쓰벌."

습관처럼 주섬주섬 담배를 찾던 오광훈.

"아, 맞다. 담배 끊었지."

그는 곧 입맛을 쩝쩝거리며 주머니에서 박하사탕을 하나 꺼내 입에 넣고 우물거렸고, 노형진은 그걸 보며 담배의 중독성에 혀를 내둘렀다.

'오광훈은 원래 담배 안 피웠는데.'

그 말인즉슨, 저 담배를 찾는 버릇은 오광훈이 아니라 윤태우의 것이라는 뜻이다.

"그나저나 그 '나는 괴물이 아니다.'라는 말에 대해 뭐 생각나는 거 없어?"

오광훈이 마지막으로 남긴 기억.

—나는 괴물이 아니다.

그게 사건의 키워드다.

그런데 그게 뭔지 모르겠다.

"난 전혀 기억이 안 난다니까. 제발 법 좀, 아니 하다못해 한자라도 생각나면 좋겠다."

그의 업무는 대부분 바깥에서 노형진이 몰래 해 주고 있다.

하지만 아무리 노형진이라 해도 쉬운 일은 아니었다.

'전담 팀을 하나 만들어야 하나.'

툴툴거리면서 주변을 둘러보던 노형진의 시선에 누군가가 스쳐 지나갔다.

'어?'

검찰청 바깥에 있는 식당이니 딱히 이상할 게 없는 옷차림이긴 하다.

양복을 입고 다니는 사람들이야 사방에 있으니까.

다만, 옷차림은 남들과 별반 다르지 않지만…….

'시선이 이쪽을 향하고 있다는 것만 빼고 말이지.'

짧은 점심시간이 끝나 가고, 대부분의 사람들이 서둘러 점심을 먹고 커피라도 한 잔 사 먹으려고 하는 상황이다.

서둘러 움직이는 사람들의 시선은 모두 직장 쪽을 향해 있었다.

'그런데 저 사람은 달라.'

직장인과 다른 흐름.

노형진과 오광훈이야 서로 대화 중이니 멈춰 있다고 하지만, 그는 대화하는 사람도 없다.

그런데 움직이는 사람들의 흐름 속에서 그만 홀로 서 있었다.

여유롭게 보인답시고 커피 한 잔을 손에 들고 있기는 한데…….

'커피를 들고만 있지.'

그의 표정에는 조금의 여유도 보이지 않는다.

애초에 커피를 들고 있는 다른 사람들은 서둘러 직장으로 돌아가기 위해 발걸음을 재촉하고 있었다.

"왜 그래?"

"응? 아니야, 그냥."

노형진은 웃으면서 고개를 돌렸다.

그리고 핸드폰을 꺼내서 재빨리 어디론가 문자를 날렸다.

'과연 누구신지 두고 볼까?'

자신이 알은척한다면 그도 도망갈 것이다.

하지만 그가 아무리 잘났다고 해도 결국은 혼자.

그에 반해 노형진에게는 이런 상황에 대비해서 훈련된 사람들이 있었다.

"좀 느긋하게 기다리자고. 느긋하게."

"느긋하게?"

"그래, 느긋하게. 커피 한잔 먹을래?"

"소주 한잔 먹고 싶은데."

"사무실에 들어가야지."

오광훈에게 말해 봐야 그는 조폭이니, 지금 같은 경우에 대한 대비책은 모른다.

아니, 차라리 모르고 있는 게 훨씬 잘 대비할 수 있다.

"커피 한 잔씩 마시고 들어가자고."

노형진은 그를 데리고 커피숍으로 향했다.

그리고 커피를 시키고 느긋하게 시간을 보냈다.

노형진의 행동에 오광훈은 어리둥절한 표정이 되었지만 별말 하지 않았다.

하긴, 죽다 살아나니 검사가 되어 있더라는 상황 자체가 이해가 안 갈 테니까.

"아으으으…… 들어가서 공부하려면……. 죽었다."

아무리 노형진이 일을 도와준다고 해도 최소한의 지식은 있어야 하기에 결국 공부할 수밖에 없는 오광훈은 머리를 부여잡고 고통스러워했고, 노형진은 그걸 보고 키득거렸다.

그렇게 커피를 반쯤 먹었을 때였다.

"뭐…… 뭐야! 당신들! 당신들 누구야! 뭐 하는 짓이야!"

갑자기 들려온 목소리에 고개를 돌려 보니, 경호 팀이 이쪽을 감시하던 남자의 팔짱을 끼며 제압하는 모습이 보였다.

'역시 그럴 줄 알았다.'

그가 누군지는 모른다.

하지만 그가 누구든 간에, 노형진이 보내는 문자를 실시간으로 감시할 수는 없다.

더군다나 노형진과 회사에서 쓰는 톡은 일반적으로 쓰는 메신저가 아니다.

러시아에서 개발한 보안용 메신저로, 아직 그 보안을 깰 방법이 없다.

"어, 뭐야?"

오광훈은 갑작스러운 상황에 놀라서 그쪽을 바라보았고, 노형진은 그를 툭 쳤다.

"우리를 감시하던 놈이야. 네가 좀 나서야겠다."

"뭐? 내가 왜? 아니, 뭘 어떻게? 내가 저 새끼를 때리기라도 할까?"

"물론 그러면 좋긴 한데."

그랬다가는 문제가 된다.

그가 누군지도 모르니.

"네 검사 신분증 좀 팔아 봐."

"이걸 누가 사 가?"

"장난하는 거 아니잖아. 대충 사람들의 관심 좀 물려 봐.

이러다 경찰 부를라.”

“아아.”

경호 팀이 강제로 붙잡고 있지만, 그를 데리고 가는 것은 전혀 다른 문제다.

벌써 몇몇 사람들은 전화기를 들고 경찰을 부를 생각을 하고 있었다.

“오케이. 나 이런 거 한번 해 보고 싶었어.”

오광훈은 잔뜩 신이 난 모습으로 남자에게 다가가서 신분증을 내밀었다.

“우경오, 널 열두 건의 강간 살해 혐의로 체포한다. 너는 묵비권을 행사할 수 있으며 변호사를 선임할 수 있고……!”

오광훈은 신이 나서 외쳤고, 사람들은 그가 들고 있는 검사 신분증을 보고 의심을 거둬들였다.

“열두 건의 강간 살해?”

“그런데 법원 앞으로 온 거야?”

“저거 미친 거 아냐?”

주변에서 슬금슬금 멀어지며 웅성거리는 사람들의 소리에, 남자는 어이가 없어서 소리를 질렀다.

“우경오가 누군데? 난 몰라! 당신 뭐야?”

“어디서 발뺌이야? 끌고 가!”

“네, 검사님.”

경호 팀은 마치 수사관인 것처럼 그를 강제로 끌고 갔다.

당연히 남자는 발버둥을 쳤지만, 이미 검사가 신분증까지 내밀고 범죄자로 못을 박아 놨기에 누구도 말리거나 신고하지 않았다.

"말 잘하네."

"검사 되고 나서 꼭 한 번 해 보고 싶었다. 내가 그래서 열심히 미란다원칙을 외웠지."

히죽 웃는 오광훈.

노형진은 그런 그에게 미안한 듯 어깨를 두들기며 말했다.

"잘했다. 그런데 사실 검사는 그 말을 할 일이 보통은 없어."

"뭐?"

"그건 보통 경찰이 하지, 검사는 안 해."

"그러면 내가 외운 건……."

"뭐…… 지금 말고는 써먹을 수가 없겠네. 차라리 그 시간에 한자를 한 글자라도 더 외우지 그랬냐."

노형진은 어깨를 으쓱했고, 오광훈의 얼굴에는 실망이 가득 차기 시작했다.

"너무 실망하지 말라고."

노형진은 다시 한번 어깨를 두들겨 주었다.

"널 죽였던, 아니 진짜 오광훈을 죽였던 놈들이 드디어 움직이기 시작한 것 같으니까. 네가 그놈들을 체포할 때 할 수 있게 해 줄게, 후후후."

노형진은 고개를 좌우로 움직이면서 몸을 풀었다.

"과연 저놈이 무슨 말을 할지 두고 보자고."

⚖

노형진이 도착했을 때, 잡혀 온 남자는 억울하다며 결백을 주장하고 있었다.

"난 억울하다고! 그냥 회사원일 뿐이야! 여기서 나가면 당신들 신고할 거야!"

고래고래 소리를 지르는 남자.

"좀 두들겨 패 볼까요?"

경호 팀은 그런 남자를 보며 노형진에게 물었다.

흠씬 두들겨 팬다면 뭐든 토해 낼 거라면서 말이다.

하지만 노형진은 고개를 흔들었다.

"아니요. 아무 말도 안 할 겁니다."

"어째서?"

옆에 있던 오광훈은 고개를 갸웃했다.

"일단 두들겨 패면 뭐든 토해 낼 거야. 걱정하지 마. 내 경험을 믿어."

당장이라도 두들겨 팰 것처럼 어깨를 돌리는 오광훈.

하지만 노형진은 생각이 달랐다.

"일반인이라면 그렇지. 하지만 저놈은 일반인이 아니야."

"어떻게 알아?"

고개를 갸웃하는 오광훈.

노형진은 남자의 앞에 서서 그의 어깨에 손을 올리고는 미소를 지었다.

"진짜로 일반 시민이었다면, 갑자기 납치된 상황에서 신고한다고 고래고래 소리를 지르는 게 아니라 일단 살려 달라고, 오해가 있었다고 겁에 질려서 소리를 지르겠지. 안 그래요?"

그리고 아차 하는 남자의 생각이 그의 얼굴에 스치는 순간, 노형진의 얼굴에는 미소가 떠올랐다.

"그렇게 생각하지 않으십니까, 소진식 씨?"

"소진식이라니! 누가!"

"당신요."

"아니, 무슨 말도 안 되는 소리야! 나는 그런 사람 몰라!"

"모르는 게 아니라 내가 아니라고 해야지요, 소진식 씨. 그리고 회사에서 그렇게 가르치던가요? 제대로 못 배우셨네요."

"그게 무슨 말이야!"

"그런 곳에서 일하려면 신분증은 꼭 가지고 다니셔야지요."

그의 지갑에는 돈은 있을지언정 카드 하나 신분증 하나 명함 하나 없다.

즉, 누군가가 그를 잡는다고 해도 그의 신분을 알 수가 없다.

"하지만 그러한 점이 도리어 당신이 일반인이 아니라는 가장 확실한 증거가 되죠."

법원 앞에서 일하는 사람들은 대부분 신분증을 가지고 다닌다.

사원증이든 출입증이든, 하다못해 명함이라도 말이다.

"그런데 당신은 아무것도 들고 있지 않았지요. 스스로 생각해도 이상하지 않습니까? 아직 덜 배웠어요, 소진식 씨."

"크윽."

노형진은 여전히 어깨에 손을 올리고 말했고, 그때마다 소진식의 얼굴은 시퍼렇게 변해 갔다.

하지만 노형진은 상당히 실망할 수밖에 없었다.

'그냥 잔챙이군.'

그의 기억에는 쓸 만한 게 없었다.

말 그대로 오광훈을 감시하라고 명령을 받은, 잔챙이 심부름센터 직원일 뿐이었다.

'그래, 뭐라도 건져 보자.'

신분이야 알았지만, 의뢰인에 대해 알지도 몰랐기에 노형진은 계속 질문을 이어 갔다.

"제 친구에게 상당히 관심이 많으신 것 같던데요. 왜인지 물어봐도 될까요?"

"무슨 소리야! 난 지나가던 일반 시민이라고! 알아!"

남자는 고래고래 소리를 질렀다.

하지만 그의 머릿속에서 느껴지는 생각은 그대로 노형진에게 흘러들어 가고 있었다.

'모른다?'

이것이 법이다

정말로 몰랐다.

그에게 명령을 내린 것은 그의 사장이었다.

'그 사장을 족쳐? 아니야, 누군지 모르지만 사장도 아무것도 모를 가능성이 크지.'

말 그대로 감시하고 보고하는 것이 그의 임무다.

그리고 그의 기억 속에 있는 심부름센터의 규모를 생각하면, 중요한 비밀을 감추거나 조사할 정도는 되지 못한다.

'도대체 누구지?'

사장을 족친다고 해도 나올 것은 없다

분명히 그에게 의뢰를 한 사람도 한 다리 거쳐서 온 사람일 테니까.

신분은 당연히 모를 테고. 돈도 현금으로 받았을 테고.

노형진의 표정이 어두워지자 소진식은 목소리를 높였다.

자신의 협박이 먹혔다고 생각했기 때문이다.

"너…… 신고할 거야! 어! 알아! 신고할 거라고!"

소진식은 고래고래 소리를 질렀다.

노형진이 자신을 어쩌지 못할 것임을 알고 있었던 것.

"저거 확 죽여 버려?"

오광훈은 고래고래 소리를 지르는 소진식을 보면서 눈을 찌푸렸다.

"안 된다. 그러면 우리가 독박이야."

"응?"

"우리가 이놈 데려가는 걸 본 사람이 한두 명이 아니야."

거기에다 다른 곳도 아니고 법원 앞이었다.

당연하게도 그곳에 깔려 있는 카메라만 수십 대다.

"그래, 너희들이 어쩔 거야! 어! 이거 안 풀어!"

자신에게 손대지 못한다는 것을 자신한 소진식은 노형진에게 이겼다는 표정으로 소리를 질렀다.

노형진은 머리를 긁적거렸다.

잔챙이라고 하지만 그냥 돌려보낼 생각은 없다.

"당신을 멀쩡하게 보낸다고 했지 당신 인생을 멀쩡하게 놔둔다는 소리는 한 적 없는데."

"뭐?"

"광훈아, 경찰하고 기자들 불러."

"뭐?"

"이 사람이 누군지는 모르지만 검사인 너를 감시하고 있었어. 그러면 어떻게 해야 할까?"

"어…… 팬다?"

"아니, 조사해야지."

노형진이 히죽 웃었다.

그리고 소진식을 바라보았다.

"일개인이 아무런 관련도 없는 검사를 스토킹 하면서 과연 뭘 했을까? 그리고 왜 감시했을까? 그 뒤에는 과연 누가 있을까? 복장을 보면 영락없는 회사원인데, 한창 근무할 시간에 회사를 빠져나와서 검사를 스토킹하고 있었다? 그런 사람에 대해 상관은 과연 뭐라고 할까? 만일 흥신소 같은 곳이라면, 아마 경찰이 영혼까지 털어 주지 싶은데?"

소진식의 얼굴이 파리하게 변했다.

"토사구팽이라고 하지."

이게 외부에 나가면 아무리 흥신소라고 해도 멀쩡하게 못 넘어간다.

아니, 흥신소이기에 멀쩡하게 넘어갈 수가 없다.

아마 경찰과 검찰이, 진짜 기둥뿌리가 뽑힐 때까지 때려잡을 것이다.

"그러면 회사는 어떻게 할까?"

'우리가 시켰지만 잘못했습니다.'라고 사과하고 재발 방지를 약속할까?

아니면 모든 것이 개인의 사정이라고 뒤집어씌운 후에 그를 자를까?

"그래, 너한테는 손 못 대지. 하지만 너의 미래는 손댈 수 있지. 신고한다고? 해. 우리도 신고할게."

"자, 잠깐!"

그제야 아차 싶어서 핸드폰을 드는 노형진을 잡는 소진식.

"그게…… 죄송합니다. 죄송합니다. 제가 경거망동해서……."

"도대체 그렇게 생각이 없는데 어떻게 흥신소에서 일하는 거야?"

"……."

정확하게 자신의 신분을 집어내자 소진식은 고개를 푹 숙였다.

"오늘은 그냥 보내 줄 테니 꺼져."

"네?"

"꺼지라고. 인력 낭비시키지 말고."

노형진이 손을 휘휘 흔들자 경호 팀은 어쩔 수 없다는 듯 그를 풀어 줬고, 소진식은 눈치를 살살 살피면서 멀어져 갔다.

뒤에 남은 경호 팀은 그의 뒷모습을 바라보면서 노형진에게 물었다.

"저렇게 그냥 보내도 됩니까?"

걱정스러워하는 눈치였지만, 노형진은 고개를 흔들었다.

"아무것도 모르는 피라미 한 마리일 뿐입니다. 건드려 봐야 나오는 것도 없고, 도리어 우리가 독박 쓸 겁니다."

"알겠습니다."

경호 팀은 더 이상 묻지 않고 물러났고, 오광훈은 그가 나간 입구 쪽을 보며 입맛을 다셨다.

"아깝다. 손맛 좀 보려고 했는데."

"손맛?"

"내가 착하게 산다고 했지 정의의 응징을 하지 않는다고는 안 했다."

주먹을 들어 흔들어 보이며 말하는 오광훈.

"아오, 진짜. 옛날 같으면 흠씬 두들겨 패서 공구리 쳐서 바다로……. 아, 그건 아니고."

공구리 부분부터 노형진이 이상한 표정으로 바라보자 슬쩍 시선을 돌리는 오광훈.

"그런데 저 녀석이 흥신소 소속인 건 어떻게 안 거야?"

"아까 전에 누가 알아봤어."

"아, 그래?"

오광훈은 더 이상 묻지 않았다.

아니, 사실 그는 질문이 별로 없는 편이었다.

질문도 뭘 알아야 할 수 있는 법이니까.

상황을 모르다 보니 그러려니 하고 넘어가는 수밖에 없었다.

"그나저나 어쩌지? 저 녀석이 가서 보고할 텐데."

"보고는 하겠지. 그리고 당분간은 조심할 거야. 아니, 흥신소 쪽에서는 접근하지 않겠지."

"흠…… 그러면 어떻게 해? 이거 뭐, 내가 아는 게 있어야 말이지."

당장은 한자를 외우는 것만으로도 죽을 맛인 게 현실이다.

그러니 그가 해 줄 수 있는 게 없다.

"있기는 하지."

"응?"

"한 가지 방법이 있어."

노형진은 미소를 지으며 말했다.

"너 기자회견 안 할래?"

"으응? 기자회견?"

"그래, 기자회견. 후후후."

기자회견.

말 그대로 기자들 불러 놓고 뭔가를 발표하는 행위.

사실 검사라고 해도 기자회견을 마음대로 할 수는 없다.

특히나 사건과 관련된 회견은 더더욱 마음대로 할 수가 없다.

만일 마음대로 기자회견을 하면 검사로서는 해직 사유가 되기도 한다.

"기자회견 신청서라고?"

떨떠름한 표정으로 신청서를 바라보는 오광훈.

"마음대로 기자회견을 하면 넌 잘릴 테고, 그러면 너의 가치가 없어지니 누군지 모를 자들이 손쉽게 너를 죽이겠지."

"이거 나 죽으라고 고사 지내는 거 아니지? 나 이번 생은 진짜 착하게 살고 싶거든. 지옥 가고 싶지 않은데 기회마저 박탈해 버리는 건 너무한 거 아냐?"

"속고만 살았나?"

"속고만 살았으니까 내가 깡패 새끼 했지, 멀쩡한데 깡패 새끼 노릇을 했겠나?"

이것이법이다

오광훈의 말에 노형진은 입맛을 다셨다.

'도대체 누구 좀 보내 주려면 좀 쓸 만한 놈을 보내 주든 가. 깡패가 뭐야?'

하지만 이제 와서 물러 달라고 할 수도 없는 노릇.

"일단 이번 감시 사건에서 한 가지는 확실해. 그들이 누구 든, 아직 너를 두려워한다는 거야."

"그래서 그게 누군데?"

"그걸 모르니까 기자회견을 하자는 거지."

"난 도무지 모르겠다."

'아오, 똘빡.'

손채림은 척 하면 착이었는데 오광훈은 그러지 못했다.

물론 진짜 오광훈이었다면 바로 알아들었을 것이다.

"쉽게 말해서 이거야. 진짜 오광훈은 어째서인지 살해당했 어. 독극물을 먹고 진짜로 죽었지. 대신 네가 살아났지만."

"그래서?"

"그런데, 이상하지 않아? 검사가 정체 모를 독극물을 먹고 죽다 살았어. 언론에서 난리가 났어야 해. 하다못해 검찰이 라도 조사에 나섰어야 하지. 그런데 네가 살아나자마자 병가 를 냈다고 하지만, 독극물을 먹은 사실을 모르지는 않을 텐 데 검찰이 조용해. 왜일까?"

"어? 왜지?"

"그 누군가가 압력을 행사하고 있다는 거지."

"아하!"

"그 부분에서 우리는 몇 가지를 알 수가 있어. 오광훈이 조사했던 사건이 생각보다 높은 곳을 겨냥하고 있다, 또한 아주 심각한 사건이다, 라는 것."

그런 게 아니라면, 오광훈이 자신은 괴물이 아니라고 자조 섞인 말을 했을 리 없다.

살인도 눈 하나 깜짝 않고 해치울 만한 놈이었으니까.

"내가 아는 오광훈은 그런 사건을 떠벌리고 다닐 놈이 아니었어. 그 말은 그들도 오광훈이 조사한다는 걸 알았다는 뜻이고, 죽일 수밖에 없었다는 건 오광훈이 뭔가 쥐고 있었다는 뜻이지."

"그런데 아무것도 없는데."

"그게 문제야."

아무것도 없다.

아무리 기억을 더듬어도, 오광훈이 어떤 사건의 증거를 감췄는지 또 어디다 감췄는지, 찾을 수가 없다.

진짜로 없는 건지 아니면 그들이 오광훈을 죽인 후 없앤 건지도 알 수가 없다.

"문제는 오광훈이 살아났다는 거지."

"그게 나고."

"그래. 그런데 너는 아직 조용히 하고 있어. 일어나자마자 떠들 줄 알았는데. 아마 죽을 뻔했으니 입 닥치고 있는 건가

보다 하고 생각했을 거야."

실제로 많은 사람들이 그러니까.

심지어 독극물을 먹고 살아났는데도 검찰에서 조용하다면, 노형진이 아는 오광훈의 경우 그 상황을 이용해 입을 다물어 버릴 것이다.

"하지만 우리가 기자회견을 하면, 아니 기자회견을 하겠다고 신청을 하면 상황은 달라지지."

"어떻게?"

"그들이 어떤 증거가 있는지 어떻게 알까?"

그들이 증거를 못 찾았을 수도 있다.

어찌어찌 찾았다고 해도, 그게 전부인지 아니면 사본이 있는지 알 수는 없다.

"그들은 그게 걱정되어서 너를 감시했을 테고."

"오오…… 역시 변호사. 그럴듯해. 추리력 허벌나게 좋아."

"허벌나게라니, 그런 말은 좀……. 아니다. 말을 말자. 하여간 그들은 너를 감시했어. 하물며 독극물 사건도 조사하지 않은 검찰 내부에서도 너를 감시한다는 건 기본 상식 아니겠어?"

"어? 그러고 보니 그러네! 그거 조사도 안 하는 새끼들이니 날 그냥 두고 보지는 않겠네."

"그래, 아마 네가 입 닥치고 있을 거라 생각해서 움직이지 않은 거겠지."

"그러면 이걸 내면?"

"어떻게 해서든 막으려고 들 거야. 아마 그들은 네가 어떠한 증거를 가지고 있을 거라 생각하겠지. 나는 그때를 노릴 생각이고."

"우우우."

오광훈은 진땀을 흘렸다.

그 말인즉슨 자신이 또다시 죽을 수도 있다는 소리이기 때문이다.

"걱정하지 마. 좋은 일 하다가 죽는 거니 지옥은 안 보내겠지."

"그걸 지금 위로라고 하는 거야? 허벌나게 고마워서 존나게 눈물 나네, 씨발."

"안 할 거야?"

"끄응. 안 하면 안 되겠지?"

"개인적으로? 안 해도 너 죽는 건 마찬가지일걸, 시간의 문제일 뿐. 무슨 사건인지는 모르겠지만 아주 심각한 사건이야. 그 말은 살인이 끼어 있을 거라는 거지. 한 번이 어렵지 두 번은 쉽다고 했어. 그런 일을 얼마나 저질렀을지 알 수 없는 놈이, 네가 언제 터트릴지 모르는데 널 그냥 감시만 하고 있을까, 돈 써 가면서? 나라면 그냥 깔끔하게 지워 버릴걸."

"내가 어쩌다가……."

"운 좋게 생각해. 이런 일 하라고 다시 살아난 것일 수도 있잖아."

노형진은 그렇게 말하면서 오광훈의 어깨를 두들겼다.

"간단해. 이 서류를 내면 되는 거야. 그리고 그들의 반응을 기다리는 거지."

"돌겠네."

오광훈은 한숨만 푹 쉴 수밖에 없었다.

"뭐…… 뭣! 지금 뭐라고 했어!"

"지난번에 그 사건 제대로 처리 안 하면 저 기자회견 합니다."

"무슨 사건!"

오광훈이 말을 꺼내자 검사장은 어이가 없다는 듯 물었다.

'어…… 진짜 모르나? 나 헛발질하는 거 아냐?'

아무리 봐도 전혀 모르는 눈치다.

하지만 오광훈은 속으로 눈을 질끈 감고 지르기로 했다.

'에라, 모르겠다. 나 잘리면 먹여 살려 준다고 했으니.'

노형진은 그에게 검사들은 오래 재판을 한 자들이라 쉽게 감정을 표현하지 않을 거라고 경고를 했다.

그러니 당황하지 않는다 해도 할 말만 하고 나오라고 했다.

"아시면서 왜 그랬습니까? 제가 그 덕분에 약까지 처먹었는데 조사도 안 하셨잖아요?"

"그거 네가 실수로 먹은 거라며?"

"누가 그래요? 어떤 미친놈이 독극물에 밥을 비벼서 처먹어요? 저 곱게 뒈지고 싶은 놈이에요."

왜 조사를 안 했냐고 하니까 딱히 말을 못 하는 검사장.

"그건, 우리가 요즘 바빠서 조사를 못 했어. 걱정하지 마. 확실하게 조사하라고 해 둘 테니까."

'지랄하고 자빠졌네.'

검사 얼굴에 잔기스 하나라도 생기면 사람들을 개 패듯이 패는 것이 검사란 인간들이다.

조폭 생활하면서 숱하게 엮였던 것이 그들이다.

그런데 바빠서, 검사가 독극물을 먹은 걸 조사를 안 한다?

'형진이 말이 맞는가 보네?'

슬슬 의심이 확신으로 변하자 오광훈은 강하게 나가기 시작했다.

"하시든 말든 그건 제 알 바 아니고요. 그딴 범죄자들 때문에 양심도 팔아먹어야 하는데 제 목숨까지 팔아먹을 수는 없겠네요. 그 새끼들이 살아 있다면 언제 제 모가지를 따 가려고 할지 모르는데 검찰이 이래서는 제 모가지 지켜 줄 것 같지도 않고. 그거 발표 안 하시면 내외신 기자들 다 모아 놓고 관련 증거를 공개할 겁니다."

"내외신?"

"그 새끼들이 국내 기자 아가리 막는 걸 못 할 거라 생각하세요? 제가 약 처먹었어도 그 정도로 대가리 안 굴러가지는 않습니다."

물론 이 말도 노형진이 알려 준 것이다.

검찰에 압력을 행사할 정도의 사람이면 언론도 통제할 수 있을 것이다.

그리고 그런 사람이라면 외신도 관심을 가질 것이다.

더군다나 아주 극악한 범죄라면 더더욱 말이다.

"나는 네가 무슨 소리 하는지 모르겠다."

"진짜로 모르시는 거예요, 아니면 모른 척하시는 거예요? 아, 씨발. 좆같네, 진짜."

"너 약 처먹더니 뇌를 다쳤냐? 왜 그래?"

전에 기민하던 놈이 요즘은 멍청해지고 눈치 없고 일도 더럽게 못하게 되니 이상하기는 한 모양이다.

"네, 대가리가 다쳐서 눈에 뵈는 게 없네요. 그러면 검사장님은 모르신다는 거죠? 알겠습니다."

오광훈은 자리에서 일어났다.

"그러면 기다리지 말고 바로 기자회견 준비할게요."

"너…… 너……! 미쳤어!"

"어차피 저 잘리는 건 기정사실 아닌가요? 대가리 다쳐서 돌빡인지라 일도 못하겠고. 같이 죽죠."

조폭 특유의 막무가내 태도가 나오자 검사장은 당황했다.

진짜로 기자회견을 할 것 같았기 때문이다.

"이만 나가겠습니다."

"너 어디 가!"

"국내 기자는 그렇다고 치고 해외 기자는 부르려면 좀 걸리잖아요? 아니다, 이참에 아예 망명도 생각해 봐야겠네요."

"야! 야! 잠깐! 야! 야, 이 새끼야! 기다려!"

오광훈은 검사장이 부르든 말든 쾅 하고 문을 닫고 나갔다.

뒤에 남은 검사장은 멍하니 문을 바라보았다.

"저 병신 새끼, 약 처먹더니 진짜 꼴통이 되어 버렸네?"

그는 눈을 찌푸리더니 한숨을 푹 쉬었다.

그리고 자리에서 일어나서 옷걸이에 걸려 있던 양복 마이를 움켜쥐었다.

"어? 검사장님? 어디 가세요, 오후에 회의 있으신데?"

"미뤄! 더 중요한 일이 있으니까."

그는 이 일을 어떻게 처리해야 할지 머리가 지끈거렸다.

늘대 피하려다
호랑이 아가리에 들어가다

"진짜 기자들한테 돌린 거야?"

"어."

노형진의 말에 오광훈은 침을 꿀꺽 삼켰다.

"아니, 오면 뭐라고 해?"

"뭐랄까…… 춤을 추든가 아니면 노래라도 부르든가. 만담도 괜찮고."

"어, 그래도 되는 거야? 그래도 내 살아생전의 십팔번이……."

"아니다. 하지 마라."

노형진은 머리를 절레절레 흔든다.

외모가 오광훈이니 자꾸 지능지수를 오광훈에게 맞춰서 비꼬게 된다.

문제는 지금 오광훈은 진짜 오광훈이 아닌지라, 진짜로 노형진의 말 그대로 할 것 같다는 것.

　　"그냥 적당히 네가 범죄자의 함정에 빠져 독극물을 먹었는데 검찰에서 조사를 막고 있다고 해."

　　"그걸로 끝?"

　　"그거 말고 뭐 다른 게 있어?"

　　"없지."

　　오광훈은 고개를 흔들었다.

　　"물론 그건 언론에 안 나가겠지만."

　　상대방이 누군지 모르지만, 그 정도는 충분히 막을 수 있는 사람이다.

　　검찰에서도 가만둘 리가 없고.

　　"해외에서 기사화하기에는 아무래도 떨어지기는 하지."

　　"끄응…… 그런데 왜 부른 거야?"

　　"저들을 협박해야 하니까."

　　"협박?"

　　"그래, 협박. 움직일 수밖에 없도록 말이지."

　　그냥 말만 하고 이쪽이 움직이지 않는다면, 그들은 느긋하게 방법을 찾으려고 할 것이다.

　　하지만 노형진은 그들이 급하게 움직이도록 하기 위해 기자를 불렀다.

　　그것도 2주 후로.

즉, 정해진 시간은 2주라는 것.

"뭐든 다급하게 움직이면 실수를 하기 마련이지."

"그 실수에 내 목숨을 건다는 것이 영 마음에 안 드는데……."

"어차피 죽은 목숨 아니야?"

"아니, 그건 너도 마찬가지잖아!"

"그러니까 난 내 목숨 잘 써먹고 있잖아."

"끄응……."

노형진의 말에 오광훈은 할 말이 없었다.

진짜로 잘 써먹고 있으니까.

그가 갈아 버린 범죄자만 해도 아마 검찰청 하나보다 많을 것이다.

"그런데 그들이 어떻게 움직일까?"

"가장 좋은 방법은 널 죽이는 거지. 아니, 유일한 방법이라고 해야겠지."

전에도 그랬으니까.

"하지만 그게 쉽지 않도록 할 거야. 그들이 다급하게 기회를 잡을 수밖에 없도록 만들 거니까. 아무리 그들이라고 해도 그 기회를 놓칠 수는 없겠지."

"무슨 수로? 내가 어딜 가든 기회는 넘칠 텐데."

"너는 어디 안 가. 바로 내일부터 휴가 신청해."

"어? 휴가?"

"그래, 다행히 아직 휴가 남았더라. 그거랑 월차까지 다

합하면 2주 정도는 시간이 나올 거야."

"아니, 그동안 난 그럼 뭐 하라고?"

"아주 좋은 곳으로 가는 거지."

노형진은 그에게 뭔가를 스윽 내밀었다.

그걸 본 오광훈은 입이 헤벌어졌다.

"이거…… 설마? 진짜야? 발해호텔 스위트룸? 여기 하루 숙박비가 280만 원이라던데!"

"2주다. 먹고 싶은 거 마음대로 먹어라, 술이든 밥이든. 여자만 부르지 말고."

"아니, 호빵에서 팥을 빼면 어쩌자는……. 알았다, 알았어……. 팔자에도 없는 중 노릇 하게 생겼네."

오광훈은 툴툴거렸지만, 어쩌겠는가.

지금 같은 상황에서 여자를 부른다는 것은 자살행위니까.

"그런데 왜 발해호텔이야, 하필? 다른 곳도 많은데."

"발해호텔은 다른 곳도 아니고 두한그룹이 운영하는 곳이거든."

재계 서열 1위, 두한그룹.

원래는 서열 1위까지는 아니었는데 성화가 무너질 당시 무너지는 성화를 두고 벌어진 거대 기업끼리의 아귀다툼에서 가장 많은 먹잇감을 집어삼킨 덕분에 서열 1위까지 올라간 곳이다.

그리고 노형진과는 회귀 전 악연이다.

하지만 현생은 좀 다르다.

회귀 전에는 두한은 대통령의 사돈 집안이었고 대통령이 두한을 위해 노형진을 살해했지만, 이번 삶에서는 그 당시 대통령은 이미 자기가 놓은 불을 뒤집어쓰고 화상을 입고 폐인이 되었으며 범죄자로서 처벌받은 상태이다.

당연히 결혼도 이루어지지 않았기 때문에 사돈집도 뭐도 아니다.

또한 노형진이 그 당시 재판을 하게 만들었다.

유독물 문제도, 노형진이 주변에 아주 대놓고 감시 시스템을 박아 두는 바람에 실제로 일어나지 않았다.

'결정적으로 대룡이 성장한 게 의외의 효과를 발휘했지.'

바른 기업을 표방하는 대룡이 급성장하자 대기업끼리 눈치가 보여서 전처럼 악질적인 일을 못 하게 된 것이다.

회귀 전은 모르지만 이제는 아예 관련이 없는 곳을, 쓸데없이 회귀 전의 감정으로 미워해 봐야 피곤한 것은 노형진뿐이다.

그들이 엉뚱한 짓을 하면 똑같이 처벌하면 된다.

"두한그룹은 재계 서열 1위야. 당연하게도 상대방이 누군지 모르지만, 섣불리 재계 서열 1위를 건드릴 수는 없지."

"그것뿐? 아니, 거기서 잔다고 그 애들이 날 지켜 주나?"

"어. 그럴 수밖에 없지."

두한그룹의 발해호텔은 그냥 호텔이 아니다.

특히 스위트룸, 아니 표현만 스위트룸이지 사실 정확하게 말하면 VVIP 룸은 세계적인 명사들이 와서 지내는 곳이다.

대표적인 예가 미국 대통령이다.

미국 대통령이 왔을 때 지냈던 곳이 바로 발해호텔의 VVIP 룸이다.

"당연히 여기에서 묵는 사람에 대한 보안은 철저하다 못해서 집착적이야. 그들은 너를 대놓고 죽일 수 없어. 저격하거나 총으로 쏘거나 차를 폭파시킨다거나 하는 식으로는 못 죽이지."

"어째 더 무섭다."

"어찌 되었건 네가 기자회견을 자초한 이상 그들은 사고사로 처리해야 한다는 거야. 지금 상황에서 네가 죽으면 이상하니까."

그리고 노형진이 선택한 곳은 다른 곳도 아닌 발해호텔의 VVIP 룸.

그곳은 보안상 어찌 보면 난공불락의 요새 같은 곳이다.

"만일 그걸 뚫고 너에게 위해를 가한다는 것은 발해호텔의 보안이 무너졌다는 뜻이고, 발해호텔의 브랜드 가치가 떨어질 수밖에 없다는 소리야."

"아하!"

아마 세계적인 명사들은 발해호텔이 아닌 다른 곳을 선택하기 시작할 것이다.

VVIP 룸이 있는 게 발해호텔만은 아니니까.

"그곳은 만일의 사태에 대비해서, 비어 있다고 해도 최고 수준의 보안 레벨을 유지하도록 되어 있어. 그게 뚫리면 두한그룹의 보안이 뚫리는 거지."

그리고 그건 두한그룹의 문제가 된다.

"이야, 맘먹고 놀고먹겠네?"

"네가 여자만 안 부르면 말이지. 하긴, 내가 미리 못 박아 둘 거다, 여자 부르면 쫓아내라고."

"큭…… 잔인해. 내가 무슨 스님도 아니고."

"아예 고기랑 술도 룸서비스에서 제외할까? 제대로 수도 승 노릇 한번 해 볼래?"

결국 오광훈은 입을 다물 수밖에 없었다.

⚖

오광훈은 휴가를 내고 바로 발해호텔로 옮겼다.

외부적으로 그 돈은 오광훈이 적금을 깨서 지불한 것으로 되어 있었다.

그렇게 하루가 지나고 이틀이 지나고 일주일이 지났다.

노형진은 이상한 상황에 눈을 찌푸렸다.

'얼마 후면 열흘째야. 아무리 오광훈이 움직이지 않는다지만, 그래도 이 정도로 아무것도 못 하고 구경만 할 애들이 아

닌데.'

하다못해 감시하는 사람이라도 있어야 하는데 그조차도 없다.

'진짜 오광훈은 도대체 무슨 사건에 휘말린 거란 말인가?'

노형진은 심각한 고민을 하면서 엘리베이터를 타고 올라갔다.

그러나 방 안으로 들어간 노형진은 한숨을 푹 쉬어야 했다.

"뭐 하냐?"

"게임. 보면 몰라? 여기서 할 수 있는 게 그것뿐이잖아."

"공부는 안 하고?"

"아, 몰라. 내일 죽을지도 모르는데 뭔 공부야."

화면 속에서 움직이는 캐릭터를 보면서 노형진은 재차 한숨을 푹 쉬었다.

게임이라고 해서 뭐 거창한 것도 아니다.

조폭들의 국민 게임이라 불리는 '린저씨'라는 게임이다.

"3년 만에 접속했더니, 와, 만렙 확장했네. 언제 올리냐?"

"여기에 있는 컴퓨터는 최신 사양이야. 그걸로 고작 린저씨를 하냐?"

"남이사 뭘 하든."

"넌 진짜 내일 세상이 망해도 사과나무는 못 심을 인간이구나."

"내일 죽을 건데 사과나무를 왜 심어? 먹고 싶은 거 다 털어먹고 죽어야지."

참으로 조폭스러운 소리를 하던 그는 화면 속에서 캐릭터가 죽자 비명을 질렀다.

"아오! 아오! 아오, 저 씹쌔끼! 또 지랄이네. 진짜 가서 현피해? 응? 현피해 버려?"

"뭔 현피야."

"아오, 내가 옛날 같으면 진짜 가서 쑤셔서 담그……면 안 되겠지? 그래, 나 검사다. 나는 검사다."

깊게 심호흡을 하는 오광훈을 보면서 노형진은 피식 웃었다.

"헛소리하지 말고 나가자."

"어딜 나가? 여기서 죽은 듯 지내라면서?"

"계획을 바꿔야 할 것 같아. 너무 반응이 없어."

"무슨 말도 안 되는 소리야? 기다려야 반응한다며?"

"내일이 열흘째야. 그러면 기자회견까지 앞으로 닷새 남은 건데 반응이 너무 없어."

만일 반응을 하려면 검찰에서라도 지랄을 해야 한다.

기회를 만들기 위해서라도 당장 출근하라고 하거나 헛소리 말고 기자회견 취소하라고 압박을 해야 한다.

"그런데 그런 게 전혀 없단 말이지."

"그러면 뭐야? 우리가 뻘짓한 거란 말이야?"

"글쎄. 그럴 수도 있겠지."

그렇게 말하면서도 노형진은 영 켕기는 것이 있었다.

'그러면 오광훈의 최후의 기억은 뭐지? 그 녀석이 그렇게 자괴감을 가질 정도인데 아무것도 없다는 게……. 내 사이코메트리에 문제가 생긴 건가?'

"끄응…….."

노형진도 알 수가 없었기에, 일단은 오광훈을 외부에 노출시켜서 그들이 움직이는지 확인해 볼 생각이었다.

"일단 나가서 점심이라도 먹자. 그러면 누군가 살피려고라도 하겠지, 지난번처럼. 뭐 먹을래?"

"회! 회! 씨발! 회!"

"씨발은 빼고. 그냥 회나 먹으러 가자."

노형진은 그에게 손을 까딱거렸고, 오광훈은 신이 나서 옷을 챙겨 입기 시작했다.

노형진은 피식 웃으며 엘리베이터 하강 버튼을 눌렀다.

그런데 그 순간 그의 머리에 강렬한 기억이 파고들어 왔다.

"으윽."

"왜 그러십니까?"

엘리베이터 옆에 있던 경호원이 갑자기 주저앉는 노형진을 부축하면서 물었다.

노형진은 고개를 휘휘 저으며 그의 도움을 받아서 일어났다.

"아니요. 아닙니다, 그냥 머리가 아파서. 피곤한가 보네요."

"괜찮으신가요?"

"네, 전 괜찮습니다."

노형진은 그렇게 말하면서 지그시 엘리베이터를 바라보았다.

'그랬나?'

왜 움직임을 보이지 않을까 고민했다.

하지만 노형진이 잘못 알았다.

'움직이지 않은 게 아니라 내가 못 본 거군.'

엘리베이터에서 흘러온 기억.

보통 노형진은 기억을 읽는 것을 차단한다.

그러지 않으면 미쳐 버릴 테니까.

하지만 아주 가끔 지나치게 강렬한 기억이나 노형진이 위급한 경우, 차단을 뚫고 들어온다.

'엘리베이터 추락이라…… 그거라면 충분히 사고로 처리할 수 있지.'

노형진은 헛웃음이 나왔다.

안전을 위해 이 호텔을 골랐다.

그런데 알고 보니 안전이 아니라 말 그대로 호랑이 대가리에 머리를 들이민 것이었다.

'그 범인이 도련님이셨나?'

두한그룹의 도련님을 지키기 위해 오광훈을 죽여야 한다는 기억.

그 사건이 뭔지는 모르지만, 목적은 확실했다.

오광훈의 죽음.

'내가 멍청한 짓을 했어.'

이 엘리베이터는 VIP급 이상 전용이다.

다른 사람이 탈 일이 없다.

그러니 오광훈이 엘리베이터를 타면 추락시킨다.

간단한 계획.

며칠 전에 점검을 핑계로 준비는 다 해 놨다.

수십 층 위에서 엘리베이터가 추락하면 절대 살아남지 못하니까.

그 후에는 관리자가 관리 책임을 진다.

그런데 이건 명백하게 사고다.

아무리 처벌해 봐야 업무상 과실치사이니 처벌이 그다지 강하지 않다.

두한의 힘이면 집유로 끝낼 수 있을 것이다.

물론 유가족과 합의를 하기는 하겠지만, 두한과의 합의를 거절할 유가족은 없을 것이다.

'단순 사고이니 보안이 뚫렸다는 문제는 없는 셈이지.'

물론 엘리베이터를 교체하는 비용이 들어가겠지만, 두한 입장에서는 그건 돈이라고 할 수도 없는 푼돈이다.

그리고 확실하게 오광훈을 죽일 수 있다.

타는 걸 확인하는 건 어렵지 않다.

거의 움직이지 않는 엘리베이터니까.

거기에다 요즘은 엘리베이터마다 CCTV가 달려 있으니 움직일 때 탑승자만 확인하면 된다.

'웃기는군.'

그런데 오광훈이 지금까지 살아 있는 이유.

그건 노형진의 말대로 들어온 후에 한 발자국도 나가지 않아서다.

그가 타지도 않았는데 엘리베이터를 추락시킬 까닭은 없지 않은가.

하지만 두한은 서두르지 않았다.

오광훈이 영영 여기서 나가지 않을 수는 없다.

최소한 기자회견을 하기 위해서라도 여기서 나가야 한다.

잠깐은 시끄러울 것이다.

하지만 비극적인 사고일 뿐이며, 애초에 고발 대상이 두한이라고는 생각하지 못할 것이다.

그랬다면 오광훈이 이 호텔로 들어오지 않았을 테니까.

당연히 두한은 완전히 혐의를 벗고 사건은 어둠 속으로 은폐된다.

"허허허."

"너 왜 그래? 미쳤냐? 나가자며? 간만에 회 먹으려니 행복해?"

"걸어가자."

"뭐?"

"걸어가자고."

"미쳤어? 여기서 걸어 내려가자고? 55층이야, 여기."

창밖을 보면서 기가 차서 말하는 오광훈.

노형진은 슬쩍 시선을 돌렸다.

'아마 듣고 있겠지.'

다른 곳도 아니고 자기네 호텔이니 도청기 설치는 어렵지 않을 것이다.

물론 다른 사람들이야 들어오기 전에 미리미리 조사하니 못 하겠지만, 자신들은 하지 않았으니까.

노형진은 갑자기 핸드폰을 꺼내서 녹음 앱을 켰다.

그리고 다른 사람들에게도 신호를 보냈다.

그걸 본 다른 사람들도 노형진처럼 녹음 앱을 켰다.

일부는 아예 자신의 핸드폰을 윗주머니에 넣어서 카메라처럼 쓸 수 있게 하기도 했다.

"저쪽에서 손쓰기 시작했다. 이 엘리베이터에 장난을 쳐 놨어. 네가 타면 케이블이 끊어지면서 추락할 거다. 이미 뒤집어쓸 사람도 구해 놨고."

"뭐어?"

오광훈은 깜짝 놀랐다.

"그게 무슨 소리야?"

"내부 정보원이 알려 왔어. 여기에 무슨 짓을 이미 해 놨다고. 우리가 준 기회를 걷어찬 거지."

"……."

오광훈은 되물으려다가 조용히 입을 다물었다.

무슨 상황인지 전혀 알 수가 없었지만, 짧은 경험상 이런 경우 자신이 해야 하는 일은 노형진에게 맞춰 주는 것이라는 것을 알고 있었기 때문이다.

"자수하라고 압박하려고 여기로 왔는데, 생각이 없는 모양이야. 그러니 여기서 나가야 해. 엘리베이터를 타면 사고사로 처리될 거다. 빨리 움직여!"

"으응…… 알았어."

노형진은 오광훈, 경호 팀과 함께 빠르게 비상계단으로 내려가기 시작했다.

아무리 두한그룹이라고 할지라도 비상계단에 폭탄을 설치하지는 못한다.

그랬다가는 건물에 타격이 가니까.

그리고 비상계단이 무너지는 건 사고로 처리할 수도 없다.

엘리베이터야 종종 사고가 있을 수 있다지만, 비상계단이 무너진다면 이유는 둘 중 하나다.

부실 공사 아니면 폭탄.

어느 쪽이든 최고급 호텔의 이름을 날려 버리는 데에는 충분하다.

"달려! 여기서 나가는 대로 증거를 찾아서 바로 공개한다! 저쪽에서 이쪽을 죽이는 걸로 결정한 이상 시간을 끌 필요가 없어!"

다급하게 뛰는 사람들.

헉헉거리면서 따라오던 오광훈은 눈을 찌푸렸다.

지금 상황이 이해가 안 가서다.

아니, 사실 그건 상관없다.

어차피 이해가 가서 노형진을 따라가는 게 아니다.

하지만 조폭 출신인 그가 아는 것도 있었기 때문이다.

"도착할 때쯤이면 입구가 막혔을 거야."

그들이 이쪽을 감시하고 있었다면 분명히 함정이 발각된 것을 알 것이다.

그런데 과연 조용히 내보내 줄까?

그럴 리가 없다.

노형진 스스로가 나가자마자 증거를 공개한다고 했고, 그걸 들었을 테니까.

"무려 55층이라고. 한 층 내려가는 데 30초만 잡아도 20분이 넘게 걸려."

당연히 입구는 다 막아 놨을 것이다.

"알아. 막으라고 그렇게 해 둔 거야."

"뭐?"

"20분은 입구를 막기에는 충분하지. 하지만 판단을 하기에는 부족한 시간이야. 아니, 사람을 모아야 하니까 판단을 내려야 하는 시간은 10분 내외지."

"뭐? 그게 무슨 소리야?"

"잊은 거야? 너 검사야."

"어?"

"검사라고. 비상시에 경찰을 동원할 수 있어."

"아하!"

아무리 그들이라고 해도 그것까지 막지는 못할 것이다.

물론 무조건 동원할 수 있는 건 아니다.

하지만 검사가 폭탄 테러 위협을 받고 있다고 하면 경찰이 오지 않을 수가 없다.

"그들만 있는 것도 아니고."

노형진은 전화기를 들어서 경호 팀 전원과 정보 팀, 심지어 일반 직원까지, 동원할 수 있는 사람은 다 동원했다.

"우리가 도착할 때쯤이면 도착할 거야."

노형진은 빠르게 계단을 내려왔다.

그렇게 그들이 한참 내려와서 3층쯤 남았을 때, 한 무리의 사람들이 계단을 막고 있는 게 보였다.

"저리 비켜!"

노형진이 거칠게 외쳤지만 그들은 뒤로 물러나지 않았다.

도리어 이쪽으로 달려들었다.

"저 새끼 잡아!"

"못 나가게 막아!"

다급하게 위쪽으로 올라오는 사람들.

그걸 보고 노형진은 씩 웃었다.

'빙고! 걸렸어.'

사실 저럴 거라 생각했다.

아니, 그러라고 거기서 떠든 것이다.

여기서 조용히 나가 봐야 아무런 증거가 없으니까.

폭탄이야 없애면 그만이다.

'하지만 내가 떠들면 상황이 달라지지.'

내부에 있는 정보원, 그리고 그로부터 정보를 받은 노형진, 거기에다 주요 증거를 가지고 있는 오광훈.

그들은 나가면서 바로 터트린다고 했다.

'그리고 이런 건 보통 10분 안에 회장님까지 못 올라가지.'

당연히 여기 선에서 알아서 해야 하는 건데, 대부분의 경우 그들의 선택은 나가지 못하게 막는 것.

"저거 막아!"

건장한 사내들이 입구로 나섰지만 이내 그들은 도리어 주춤주춤 물러나야 했다.

"대가리 깨지기 전에 물러나라."

"여기서 내리찍으면 대갈통 속을 구경할 수 있다."

호텔에 조폭들을 대기시킬 수는 없으니 결국 동원한 게 경비원 정도.

당연하게도 그들이 전문 경호인, 그것도 3단 봉을 들고 있는 전문 경호 팀을 막을 수는 없었다.

"씨발! 막으라고!"

뒤에서 누군가 지르는 고함.

"누구냐? 나와라. 네가 먼저 대갈통 깨지면 누구 하나는 나서겠지."

오광훈은 호기롭게 말했다.

그러자 사람들의 시선이 한쪽으로 쏠렸으나, 그는 도리어 뒤로 물러섰다.

"얼씨구?"

"이런 일은 내가 전문이지, 으흐흐. 리더가 꼬리 말고 도망가면 다른 놈들은 눈치만 보거든."

그의 말대로 뒤에서 소리 지른 놈은 모두의 시선이 쏠리자 잽싸게 도망갔고, 그 이후에 다른 사람들은 서로 눈치만 봤다.

그럴 수밖에 없다.

진짜 조폭도 아니고 다급하게 끌려온 남자 직원들일 뿐인데, 자기 대가리가 터진다고 해서 방금 도망간 부장이 책임져 줄 것 같지는 않았으니까.

"누구 명령을 받고 온 거야? 나 검사야! 세상에 검사를 죽이려고 덤벼? 작정한 거지?"

오광훈이 자랑스럽게 자신의 검사 신분증을 내밀자 다들 더욱 겁을 먹었다.

부장이 지랄지랄해서 나왔는데 상대가 여느 사람도 아니고 검사란다.

애애앵!

그 순간 바깥에서 들리는 경찰차의 사이렌 소리.

한두 대가 아니었다.

그리고…….

입구를 막고 있던 사람들의 뒤로 한 무리의 경찰들이 들어왔다.

"검사님! 괜찮으십니까!"

다급하게 밀고 들어오는 경찰들.

그걸 보고 오광훈은 노형진을 바라보았다.

"뭐라고 했기에 저치들이 저리 다급해?"

"'검사가 조직폭력배에게 납치 위험'이라고 했지."

"으음…… 알 것 같다."

조폭이 검사를 건드린다는 것은 사실상 대한민국 정부에 '나를 죽여 주십시오.'라고 하는 수준이다.

검찰과 보고의 문제가 아니라, 공권력에 대한 저항이니까.

아니, 당하는 사람들 입장에서는 저항 정도가 아니라, 이걸 그냥 두면 다음 타깃은 본인이 될 수도 있는 사항이다.

"이 새끼들 다 잡아들여! 감히 검사를 납치하려고 해!"

오광훈은 노형진이 눈치를 주자 크게 소리를 질렀다.

"이놈들을…… 어, 그래…… 납치의 현행범…… 어…… 현행범으로 체포한다."

"아니, 잠깐만요!"

"우리는 부장님이 시킨 대로 한 것뿐이에요."

"부장?"

부장이라는 말이 나오자 어리둥절한 표정이 되는 경찰관.

노형진은 고개를 끄덕거렸다.

"부장이라는 사람이 이번 사건의 주범입니다. 저들에게 검사님을 납치해 오라고 시켰답니다."

"이런 미친! 어느 조직의 부장입니까?"

"이 호텔의 부장이랍니다."

"이 호텔의······!"

경찰의 얼굴이 굳었다.

그도 바보는 아니다.

이 호텔의 부장급이 검사를 납치하려 했다 해도 섣불리 체포하기에는 부담이 따른다는 것을.

"일단 그는 도주했으니까 그자는 놔두고, 검사님이 여기서 탈출하는 게 우선입니다."

"네? 아, 네. 당연하지요."

그래도 나중을 기약하라고 하니 경찰은 고개를 끄덕거렸고, 노형진은 오광훈을 이끌고 다급하게 호텔을 나섰다.

"왜 잡아 오라고 안 하고? 도망간 그 새끼가 있을 곳은 뻔하잖아."

분명히 부장실에 있을 것이다.

그러니 잡아서 끌고 가는 건 어려운 게 아니었다.

"우리한테 중요한 건 진짜 잡는 게 아니라 우리가 먼저 움직여야 한다는 거야. 놈들이 우리를 잡으려고 한 게 우리 죽이려고 한 거겠어? 다급하니까 일단 시간 끌려고 한 거지. 거기서 잡는다 대질한다 검찰 기다린다 하며 시간을 끌면 그들한테 끌려가는 꼴이야."

"그런가?"

"그래. 상황이 이렇게 된 이상 우리는 저들이 생각할 틈을 주지 않아야 해."

노형진은 그렇게 말하면서 차에 올라탔다.

"지금부터 우리는 특정 장소로 갈 거야."

"거기에 뭐가 있는데?"

"아무것도."

"뭐? 그게 뭔데?"

"아, 진짜 한글도 못 알아듣냐! 아무것도 없다고! 아무것도! 제로!"

"그런데 거길 왜 가?"

'아이고, 맙소사. 채림아, 넌 천재였어.'

척 하면 착 하고 알아들었던 손채림이 노형진은 문득 그리워졌다.

"아무것도 없지. 하지만 그걸 아는 건 우리뿐이야."

"그런데?"

"우리가 거기에 가면 놈들은 거기에 뭔가 있다고 생각할 거야. 기자회견까지 한다고 했으니 증거가 있을 거라고 생각할 테고. 그러면 그들은 어떻게 할까? 그냥 아이고, 잘 다녀

오세요, 기자회견 기다리겠습니까, 그럴까?"

"아아아, 무슨 뜻인지 알겠다. 내가 아는 재벌들이 그럴
새끼들이 아니지."

노형진의 작전을 이해한 오광훈은 고개를 끄덕거렸다.

어떻게 해서든 막으려고 할 것이다.

"위험부담을 안고?"

"글쎄, 모르지. 무슨 사건인지 모르니까. 하지만 이 정도
하는 거 보면 일반 사건은 아니야."

단순히 성추행이나 갑질 사건이라면 이렇게 검사를 죽이
려고까지 하지는 않을 것이다.

"일단 움직이자고."

"우리가 어디로 가는지 그들은 어떻게 알고?"

오광훈의 말에 노형진은 자신 있게 말했다.

"우리가 가는 곳이 그들이 있는 곳이야, 우후후."

⚖

"너…… 너…… 미쳤어?"

노형진이 향한 곳.

그곳은 다름 아닌 두한의 본사였다.

그가 오광훈과 함께 내리자 주변에서 한 무리의 사람들이
몰려나왔다.

그들은 당장이라도 두 사람을 때려죽일 눈치였다.

"미치지 않았어. 아니, 미치지 않아서 여기에 온 거야. 우리가 어디로 도망간다고 한들 두한은 찾아올 수 있어."

대한민국의 다른 이름, '두한 공화국'.

대통령에서부터 국회의원, 일개 판검사까지, 행정부 수장에서 동사무소의 일반 직원까지.

"그들의 손아귀를 피할 수는 없어. 하지만 정작 그들이 손대지 못하는 곳이 이곳이지."

노형진은 높다란 두한의 건물을 바라보았다.

"이곳에 우리가 들어갔다가 안 나오면 사람들은 뭐라고 생각할까?"

"하지만 진짜로…… 못 나올 수도 있잖아?"

"아니, 나올 수 있어. 걱정하지 마."

노형진은 씩 웃으며 앞으로 나섰다.

'더 이상 기다릴 수 없다면 우리가 먼저 친다.'

노형진은 천천히 앞으로 나아갔다.

당연하게도 상주 인력으로 보이는 남자들이 그들의 앞을 가로막았다.

"여긴 아무나 들어가지 못하는 곳입니다."

"우리 그냥 가라고? 우리는 최후의 기회를 주려고 왔는데. 그냥 진짜 가? 우리가 가서 언론이랑 이야기하면 그 책임은 네가 지면 되는 거지?"

"……."

경호원으로 보이는 남자의 얼굴에 순간 낭패의 표정이 스쳤다.

막자니 찝찝하고 안 막아도 찝찝한 상황.

"진짜 우리 간다?"

노형진은 몸을 돌리려고 했다.

그러자 이번에는 그쪽에서 먼저 노형진을 잡았다.

"잠시만 기다리시면 안쪽에 여쭤보겠습니다."

그가 안으로 들어가자 노형진은 싱글거리면서 자신들을 바라보는 남자들을 마주 보았다.

그들이 분노한 눈으로 바라보고 있든 말든, 노형진은 스스로가 대견했다.

'급조한 거긴 하지만 그래도 나쁜 작전은 아니야.'

상황이 다급하게 돌아가고 증거도 없는 상황에서, 정작 기자회견이 닥치면 불리한 것은 이쪽이다.

도대체 무슨 일이 벌어졌는지 알 수가 없으니까.

그래서 아예 저들을 일단 뒤흔들고 그 후에 기억을 읽을 생각을 했다.

상황이 이쯤 되면, 아무리 두한이라고 해도 자신들을 막을 수는 없으니까.

"들어오시랍니다."

얼마나 기다렸을까?

드디어 들어오라는 말에 노형진은 오광훈과 함께 안으로 들어갔다.

"씨발…… 씨발……. 뭐라고 하지? 나 들어가자마자 죽어라! 그러면서 사시미 박는 거 아냐?"

"그럴 수 없어."

이들이 여기로 들어가는 걸 본 사람이 수백 명이다.

그리고 경호 팀이 입구에서 기다리고 있다.

"우리가 몰래 나갔다는 말이 성립될 수 있는 상황이 아니거든. 거기에다가 우리는 빈손이니까."

"그게 뭔 문제인데? 요즘 재벌은 자기 만나러 올 때 뭐라도 하나 안 사 가면 배때기를 쑤셔?"

노형진은 참으로 답이 없다는 듯 오광훈을 바라보았다.

도대체 이걸 어떻게 가르치나 하는 생각에 머리가 지끈거렸다.

'그래…… 돌에 새기면 오래간다잖아. 참을 인, 참을 인…….'

애써 그렇게 생각하면서 노형진은 그에게 차분하게 말했다.

"우리가 증거를 가지고 있는 것처럼 굴었어. 그런데 우리에게는 지금 아무것도 없어. 그리고 바깥에는 우리 사람들이 있지. 그러면 어떻게 생각할까?"

"어떻게 생각하는데?"

"……일단 넌 생각이라는 것을 하는 법부터 배워야겠다."

깊은 한숨을 쉬면서 노형진은 나머지를 설명했다.

"아마 우리가 나가지 못하면 증거를 다른 사람들이 뿌릴 거라고 생각하겠지."

"아하!"

"그러니까 여기서 내보내지 않을 수가 없지."

그러는 사이에 엘리베이터는 어느샌가 멈췄고 문이 천천히 열렸다.

"들어가시죠."

안에는 반백의 노인이 한 명이 앉아 있었다.

'이상주. 대한민국 경제사의 산증인.'

그리고 대한민국 부패의 절반을 책임지는 사람.

회귀 전에도 노형진은 그를 본 적이 없었다.

죽는 최후의 순간까지 말이다.

'과연 나의 살해를 명령했을 때 그는 어떤 기분이었을까?'

그러고 보니 기분이 묘했다.

그는 회귀 전에 자신을 죽인 사람이지만 자신은 회귀해서 살아남았고, 이번에는 오광훈을 죽이려고 했지만 오광훈도 일단은 살아남았다.

사람이 바뀌어서 그렇지.

"그래, 나한테 볼일이 있나?"

"저도 쓸데없이 두한과 척지고 싶지 않습니다. 이쯤에서 마무리하시죠."

"무슨 마무리?"

노쇠한 뱀은 결코 진심을 드러내지 않았다.

오광훈은 오면서 노형진이 하라는 대로 말을 했는데 상대가 아무런 반응도 보이지 않자 살짝 당황했다.

'그럴 거야.'

내부에서 증거를 얻었다고 떠들기는 했지만 그건 어디까지나 내부 증거일 뿐이다.

엘리베이터에 장난을 쳤다고 하지만, 떨어지지 않은 이상 그걸 증명할 수는 없을 것이다.

사람들을 동원했다고 하지만, 그 정도 사건은 부장의 단독행위로 몰아붙이고 무마할 수 있는 힘이 두한에는 있었다.

"무슨 말을 하는지 모르겠군. 자네들이 무슨 생각을 하고 있는지는 모르겠지만, 난 전혀 모르는 일이네."

"전혀 모른다고요?"

"그래. 내가 아래에서 벌어지는 일을 다 알 수 있다고 생각하나?"

"도련님에 관한 일이라고 해도요?"

"도련님? 내 아이를 말하는 건가? 그 애도 이제 성인인데 알아서 해결해야지. 그 일에 내가 왜 끼겠나?"

'어?'

노형진은 분명히 그가 도련님이라는 말에 반응할 거라 생각해서 찔렀다.

하지만 이상주는 아주 태연했다.

'잘못 찌른 건가?'

"날 재 보려고 온 거라면 잘못 왔네. 나는 순수한 사람이야. 그냥 사업하는 사람한테 뭘 받을 게 있다고 예까지 온 건가, 허허허."

사람 좋은 웃음을 보이는 이상주.

오광훈은 그런 이상주를 보고 더 당황했고, 노형진은 그제야 자신들이 당했다는 걸 알았다.

'이런, 역으로 당했군.'

자신들이 얼마나 아는지 알아보기 위해 도리어 이상주가 모른 척하면서 이쪽 반응을 살핀 것이다.

그리고 그걸 모른 오광훈이 당황한 거고.

오광훈이 당황했다는 것.

그것은 이쪽이 가진 게 제대로 없다는 의미다.

그걸 알고 이상주는 기분 좋은 미소를 보냈다.

물론 본인에게는 기분 좋은 미소일 것이다.

하지만 다른 쪽으로는 그런 미소가 아니었다.

먹잇감을 앞에 두고 있는 뱀의 미소 그 자체였으니까.

'망했다.'

이쪽이 제대로 알고 있는 게 없다는 걸 알아챈 이상, 이상주는 무슨 짓이든 해서 보복을 할 것이 분명했다.

그리고 그때는 아무린 노형진이라고 해도 위험했다.

돈이 아무리 많다 해도 당장 날아오는 총알까지 막을 수 있는 건 아니니까.

'젠장! 망할! 그러니까 좀 똑똑한 놈으로 살리든가!'

왜 하필이면 이런, 심리전에 대해 쥐뿔도 모르는 조폭이란 말인가?

'큭, 방법이 없지. 위험하지만.'

노형진은 이를 악물었다.

위험한 상황이다.

하지만 어차피 여기서 나가도 편한 삶은 못 산다.

그렇다면 최대한 이쪽에 대한 두려움을 심어 두는 수밖에 없다.

"어억!"

아무리 이상주라고 해도 노형진이 자신의 멱살을 잡을 거라고는 생각하지 못했는지, 놀라서 자신도 모르게 발버둥을 쳤다.

하긴, 수십 년간 멱살은커녕 자신의 그림자만 봐도 바닥을 기는 인간들만 봐 왔으니 당황하지 않을 수가 없었으리라.

그리고 노형진은 그의 기억 속에서 오광훈이 말한 사실이 뭔지 알아차렸다.

'이런 개 같은……'

나는 괴물이 아니다.

그 말이 너무나 이해가 갔다.

나는 괴물이 아니다. 사람이어야 한다.

오광훈이 죽는 순간 떠올렸던 그 생각.

'이게 인간이냐?'

'도련님'은 이상주의 아들이 아니었다.

노형진이 틀린 첫 번째 부분이었다.

이상주의 아들이 아니라 이상주의 손자였다.

그래서 그가 노형진과 오광훈이 이상하다는 것을 알아차린 것이다.

도련님이라고 하니까.

아들은 보통 사장님 또는 대표님이라 부르지 도련님이라고 부르지는 않으니까.

"그래서 우리가 잘 모르신다고 생각하셨나 보군요."

"무례하군! 감히!"

"감히? 감히라고 하셨습니까? 제가 말하는 이름을 듣고도 그런 말이 나올까요? 오세영, 안주희, 조보희, 박혜선, 이보람. 어디 이 이름 앞에서도 그 감히라는 말을 해 보시죠."

노형진의 말에 이상주의 얼굴이 딱딱하게 굳었다.

설마 그 이름을 알고 있을 거라고는 생각하지 못했으니까.

'그래, 너는 악마가 아니었다, 오광훈. 하지만 악마는 존재했구나.'

"도련님이라고 하니 우리가 모를 거라 생각했습니까, 이 택수라는 걸? 말로 좋게 하니까 어떻게 덮을 수 있을 거라 생각했습니까?"

"너…… 너……."

"증거가 없다고 생각하세요? 택수가 남긴 영상이 그거뿐이라 생각하세요? 요즘 영화 하나 복제하는 데 20초도 안 걸린다는 건 모르셨나 봅니다."

이택수. 이상주의 손자.

그리고 그의 후계자이자 유일한 아들인 이문소의 아들.

그러니까 미래의 두한의 회장이 될 핏줄.

"그런 놈이 소아성애자에 사디스트라면 어떻게 될까요?"

노형진이 본 기억은 간단했다.

아마도 이상주가 회수한 증거를 일부 보면서 남은 기억이리라.

이택수, 초등학교 6학년.

고작 초등학교 6학년짜리가 여자애들을 고문하고 있었다.

그것도 초등학교 저학년으로 보이는 여자아이들을.

'어찌 알았을까?'

오광훈은 어쩌면 단순히 실종 사건을 조사하다가 알았을 수도 있다.

아니면 뭐라도 하나 털어 내서 떡고물이라도 받아 내거나, 미래를 보장받고 싶어서 털어 봤을 수도 있다.

하지만 아무리 그렇다고 해도, 고작 초등학생이 같은 초등학생을 고문하는 장면을 보고 무슨 생각을 했을까?

본인의 욕심이 없지는 않았겠지만…….

'넌 악마가 되지는 못했구나.'

이기적일 뿐 악마가 되지 못한 오광훈은 그렇게 죽었고, 그 짐은 노형진에게 넘어왔다.

'망할 새끼야, 날 그렇게 개무시하더니 똥은 더럽게 큰 걸 싸고 가냐.'

이미 하늘에 있는 오광훈에게 욕설을 날렸지만 이 사건을 그냥 둘 수는 없다.

"우리는 개인적으로 욕심이 있는 사람들입니다. 그래서 지금까지 기회를 드리면서 곱게 곱게 넘어가려고 했지요. 그런데 자꾸 우리 모가지를 노리시네요."

"이래서 좋을 게 뭐가 있나?"

그제야 이상주는 좋게 말하면서 잡힌 멱살을 풀어 내기 위해 노형진의 손에 자신의 손을 올렸다.

그러자 노형진은 멱살을 더 강하게 조였다.

"그래요. 이게 좋을 게 없죠. 그런데 이렇게 만드시잖아요?"

"오해가 있었던 것 같은데."

"오해라……."

노형진은 코웃음을 치다가 멱살을 놔 버렸다.

"그래, 얼마를 원하나?"

"얼마라……."

노형진은 잠깐 고민했다.

과연 자신의 양심을 얼마에 팔까?

아니, 팔 가치가 있을까?

'오광훈도 안 팔았는데.'

마지막에 인간이기를 선택한 오광훈이다.

그런 쓰레기도 인간의 길을 선택했는데, 노형진이 몇 푼에 양심을 팔 생각은 추호도 없었다.

애초에 자신에게 돈이 무슨 의미가 있단 말인가?

"처벌받게 하시죠."

"뭐?"

"간단합니다. 처벌받게 하시죠. 그리고 그 부모들에게 충분한, 아니 아주 넘치는 배상을 해 주셔야 할 겁니다. 한 집당 한 20억쯤?"

"한 집당?"

"네, 집당입니다. 20억입니다."

"뭔 말도 안 되는 개소리를 지껄여? 돈이 썩어 나나 본데, 사람을 패 죽여도 그 정도 돈은 안 나가."

"그래요?"

"변호사라는 놈이 법을 쥐뿔도 모르는군."

이상주는 노형진에게 비웃음을 날렸다.

그럴 수 있다.

그래서 최후까지 오광훈이 공개하지 못하고 고민하다가 기습당한 것이리라.

'촉법소년이라 이거지.'

촉법소년.

법에 저촉되는 행위를 해도 처벌받지 않는 나이인 10세 이상, 14세 미만의 소년을 가리키는 말.

그리고 이택수의 나이는 13세.

'고발해 봐야 처벌은 안 받는다.'

하지만 이쪽은 확실하게 죽는다.

그걸 알기에 오광훈은 최후까지 고민했으리라.

"그렇게 말씀하신다면……."

노형진은 씩 하고 미소를 지었다.

"아마 촉법소년이라 처벌도 뺄 수 있고 배상금도 조금만 주면 된다고 생각하시나 본데……."

'생각하시나 본데'가 아니라 그 생각이 맞다.

그리고 상황이 잠잠해지면 노형진과 오광훈을 진짜로 죽일 생각인 것이다.

'내가 그렇게는 안 당하지.'

노형진이 다시 한 번 씩 하고 미소 지었다.

"그러면 전 이걸 서문호 사장 일파에게 넘기겠습니다."

"뭐라고!"

아까와 다르게 격하게 반응하는 이상주.

'그래, 이게 너와 내가 다른 점이지.'

오광훈은 고민만 하고 해결하지 못했지만, 노형진은 이길 수 있다면 다른 악마들과 손잡을 생각도 있었다.

"그들이 이걸 본다면 참 좋아할 겁니다. 안 그래요?"

"너…… 너……."

"뭐, 도긴개긴이기는 하지만, 이건 그걸 넘는 수준인 것 같은데요."

서문호 사장.

그는 쉽게 말해서 두한의 개국공신이다.

물론 이상주가 두한을 키운 것은 맞다.

그렇다고 해서 모든 걸 그가 다 한 건 아니다.

모든 거대한 기업들이 그렇듯이, 대표 아래에서 수많은 사람들이 일하며 기업을 키운다.

그리고 그중 일부는 특출난 실적을 거둬, 나라로 치면 개국공신 취급을 받는다.

'하지만 개국공신은 영웅임과 동시에 반역의 씨앗이지.'

두한의 대표는 이상주다.

하지만 그가 가진 주식은 극히 미미하다.

대부분은 우호주의 지원으로 자리를 지키고 있다.

"당신이 후계 전쟁을 시작한 건 이미 알고 있죠."

이상주의 유일한 아들인 이문소.

당연히 여느 재벌들처럼 후계자는 그가 될 것이다.

"그리고 그때 가장 큰 문제는 당신의 동료들이지요."

새로운 회장이 왔다고 '목숨을 걸고 모시겠습니다.'라고 하는 건 개소리다.

지금의 두한을 일으킨 개국공신들 입장에서 이문소는 전 회장의 아들인 것 말고는 아무것도 없는 낙하산 중의 낙하산이다.

　그리고 회사의 사원들 입장에서도, 기업을 키운 사장단을 믿지 낙하산으로 내려온 낙하산 회장을 믿지는 않는다.

　'이방원이 후계자를 위해 외척을 모조리 죽였다지?'

　왕이 되면 뭐 하겠나? 힘이 없는데.

　이방원은 후계자를 위해, 그의 왕권에 문제가 될 수 있는 외척과 진짜 개국공신들의 목을 쳐 버렸다.

　"당신도 그들의 목을 치려고 하고 있고."

　그의 멱살을 잡았을 때 확실하게 읽은 기억이다.

　그의 아들인 이문소는 역대급으로 무능하다는 말이 많다.

　만일 그냥 자리만 물려주면 말 그대로 파리 목숨이 될 가능성이 높다.

　"이걸 건네주면 참 좋아하겠지. 정신이상은 대를 이어 가는 경우가 많으니까."

　이택수가 이 일로 감옥에 가야 않겠지만, 그걸 가지고 정신감정을 주장하면서 주주들을 설득하기 시작하면 불리해지는 것은 이문소다.

　평생을 갑으로 우월하다고 생각하며 살았으니, 멀쩡하게는 나오지 않을 테니까.

　이택수는 그러한 생각과 더불어 사이코패스 성향까지 터

져 나가면서 그런 막장이 된 거고.

"어때요? 이걸 넘길까요, 아니면 막장으로 나갈까요? 어차피 당신이 우리 죽이려고 하는 건 뻔하게 아는 거고, 우리도 살 방법은 만들어야 하지 않겠습니까?"

"크윽……."

"거래하죠. 우리를 건들지 말 것. 그리고 그 미친 새끼를 제대로 처벌할 것."

"……."

"대신 당신들이 덮으려고 하는 거, 우리는 모른 척하지."

"당돌하군."

"어차피 막장 아닌가, 당신이랑 나랑은?"

문득 회귀 전 기억이 노형진의 뇌리를 파고들었다.

그랬다. 어차피 막장이었다.

"일단은 거래하지."

"콜. 하지만 알지? 일주일 이내에 그 새끼 제대로 처리하지 않으면 이건 서문호 쪽으로 넘어갑니다."

노형진은 그렇게 말하며 뒤로 물러났다.

이상주는 그런 노형진을 물끄러미 바라볼 뿐이었다.

나중에 노형진에게 끌려 나온 오광훈은 심하게 딸꾹거렸다.

"아니…… 미치겠네. 저 사이코한테 걸렸네."

"사이코?"

"저, 저 새끼가 무슨 짓을 했는지 너는 몰라……. 아, 씨발……

미치겠네."

그러고 보니 그렇다.

조폭, 그것도 한 지역을 이끌었던 오광훈, 아니 윤태우야 말로 어쩌면 그의 더러운 면을 가장 잘 아는 사람일지도 모른다.

"걱정하지 마. 우리가 약점을 쥐었으니까. 후계 전쟁이 정리되기 전에는 우리 못 건드려."

이런 건 터지는 순간 후계 전쟁이고 나발이고 다 날아가는 거다.

"그런데 이게 끝이야?"

"애석하게도…… 지랄 같은 법의 한계야."

촉법소년의 나이대에는 진짜로 사람을 패 죽여도 처벌받지 않는다.

오로지 부모가 민사적 책임만 질 뿐이다.

손해배상은 부모가 하지만, 두한에 돈이 무슨 의미가 있을까?

"애초에 감옥도 안 갈 테고."

"안 간다고?"

"그래, 내가 제대로 처리하라고 하긴 했지. 하지만 나이도 그렇고, 재판을 해도 분명 정신이상을 이유로 정신과에 보낼 거야. 그걸 아니까 진짜 오광훈은 어떤 선택도 하지 못한 거고."

그리고 이택수는 그 후에 한 6개월쯤 지나서 완치 판정을 받고 다시 나올 테고.

"그러면 뭐가 어떻게 된 거야? 처벌도 안 되는 거고 정의는 개떡같이 망가지고 우리 목에는 칼 걸린 거고? 허미, 씨발."

"그래, 씨발이다. 진짜 씨발이야."

노형진은 자신의 목을 문질렀다.

악연은 끝나지 않았고, 자신의 목에는 다시 한번 칼이 걸렸다.

"이번에는 이 칼을 부숴 버려야겠네."

노형진은 고개를 돌려서 우뚝 서 있는 두한의 거대한 탑을 노려보았다.

"덤으로 저 빌어먹을 바벨탑도 같이 말이야."

나는 안 했다니까

프르릉.

시동을 걸던 노형진은 눈을 찌푸렸다.

아무리 버튼을 눌러도 도무지 차에 시동이 걸리지 않았기 때문이다.

"이런, 뭐가 고장 났나?"

출근을 하기 위해서는 당연히 차를 끌고 나가야 한다.

거창하게 운전기사까지 둘 생각은 없지만, 그의 업무상 바깥에 돌아다녀야 하는 경우가 많기 때문에 어쩔 수가 없었다.

그런데 난데없이 고장이라니.

"끄응……."

혹시나 하는 마음에 차의 보닛을 열어 봤지만 뼛속까지 문

과연 노형진이 보닛을 열어 본다고 한들 뭐가 잘못된 건지
알 수 있을 리가 없다.

"보험회사를 불러?"

하지만 지금 출발하지 않으면 약속 시간에 늦는다.

의뢰인이 오늘 회사로 찾아오기로 약속이 되어 있기 때문
이다.

"아…… 이거…….."

노형진은 힐끗 다른 차로 시선을 돌렸다.

손채림과 함께 사건을 해결하면서 겸사겸사 한 대 구입했
던 슈퍼카.

하지만 이내 고개를 흔들었다.

"그건 아니지."

의뢰인을 만나러 가는데, 억울해 죽을 것 같은 의뢰인 앞
에 그 의뢰인의 집보다 더 비싼 차를 끌고 가는 건 예의가 아
니다.

당장 그 의뢰인은 자신의 집마저도 빼앗길 판국인데.

"채림이를 불러……. 아니다. 걘 미국 갔구나."

손채림은 아스가르드를 운영하면서 아예 세계 각국을 다
니며 소문난 셀럽들과 인맥을 쌓아 가고 있다.

그리고 그럴수록 노형진이 얻게 되는 정보는 많아져 갔고.

"할 수 없지. 지하철을 타는 수밖에."

노형진은 열쇠를 가방에 집어넣었다.

이미 늦은 데다가, 이 시간에는 택시도 잡을 방법이 없다.

그러면 방법은 하나.

모든 국민들의 BMW, 버스와 메트로 그리고 워크.

"오랜만에 걸어 보는 것도 나쁘지는 않겠지."

노형진은 툴툴거리면서 가까운 지하철역으로 발걸음을 옮겼다.

"안녕하세요."

"아, 네…… 안녕하세요."

뻘쭘한 상황이라고 해야 하나?

오랜만에 지하철을 탔는데 아는 사람을 만났다.

고연미 팀의 남자 직원이었다.

"오늘은 왜 이걸로 출근하세요?"

"네? 아, 그게, 차가 고장이 나서…… 하하하."

"아, 네……."

그리고 흐르는 침묵.

노형진은 어색하게 시선을 돌렸다.

완전히 꽉 차 있는 지하철 안.

수많은 사람들에게 떠밀리면서 노형진은 어색하게 시선을 천장으로 돌렸다.

'이거 참.'

출근하는 길에 갑자기 회사 사람을 만나면, 그것도 그다지 친하지 않은 사람을 만나면 애매하게 뻘쭘하다.

할 말도 없고, 그렇다고 교류를 틀 이유도 없고.

거기에다 그 직원은 회사 내에서도 말 없고 숫기 없기로 유명한 사람이었다.

그러니 서로 말도 안 하고 뻘쭘하게 서서 가는 수밖에 없었다.

'그렇다고 자리를 피할 수도 없고.'

그러면 왠지 자신을 피하는 듯한 느낌을 줄 수밖에 없으니까.

노형진은 어색하게 얼굴에 미소를 띠며 많은 출근자들처럼 벽에 붙어 있는 광고와 노선도만 뚫어지게 바라보는 수밖에 없었다.

출근길의 지옥철인지라 핸드폰을 들고 본다는 것도 불가능했으니까.

'빨리빨리 가라…….'

노형진은 힐끔힐끔, 계속 시계를 확인했다.

하지만 노형진과 직원은 회사가 있는 지하철역에서 내리지 못했다.

다섯 정거장쯤 남았을 때 생각지도 못한 사건이 터졌기 때문이다.

"당신."

낯선 남자 두 명이 동료 직원의 어깨에 손을 올린 것이다.

"네?"

"지금 성추행했지?"

"무슨 말씀이세요?"

"거기 아줌마, 여기 이 남자가 엉덩이 만졌죠?"

"아니, 누가 누굴 만져요?"

당황스러운 상황에 모두의 시선이 직원에게 향했다.

그리고 당연히 노형진의 시선도 그쪽으로 향했다.

"내가 봤어, 당신이 이 아줌마 엉덩이 주물럭거리는 거."

"아니, 내가 언제 그랬다는 거예요? 그리고 당신이 누군데?"

"나? 지하철 경찰대."

신분증을 내보이면서 직원의 몸을 잡는 남자.

"거기 아줌마, 이놈이 만졌어요, 안 만졌어요?"

"아니…… 그게……."

그 여자는 잠깐 당황하는 것 같더니 갑자기 고개를 끄덕거렸다.

"그런 것 같기도 하고…… 아닌 것 같기도 하고……."

"그렇죠? 만졌죠?"

"아니, 그게……."

"내가 봤는데? 이 사람이 아줌마 엉덩이 손으로 문질렀죠?"

"어…… 그런 것 같아요. 엉덩이에 뭐가 닿은 느낌은 나기는 했어요."

그 아줌마는 당혹스러운 표정으로 고개를 끄덕거렸다.

미심쩍은 상황에서 경찰이 확신을 하니, 그녀도 성추행을 당했다고 믿어 버린 것이다.

물론 당하는 사람 입장에서는 미칠 노릇이다.

"아니, 내가 언제? 이 사람들이 생사람을 잡네!"

어이가 없어서 항의하는 직원.

"아, 시끄럽고. 생사람이고 나발이고, 전철 안에서 성추행을 해? 이런 미친 새끼를 봤나."

다짜고짜 직원의 팔을 꺾고 강제로 연행하려고 하는 경찰들.

노형진은 그걸 보고 눈을 찌푸렸다.

"뭐 하는 겁니까?"

"당신 뭐야?"

"지나가는 변호사입니다만?"

"뭐?"

"지나가는 변호사라고요, 당신들이 방금 폭행한 남자와 같은 회사에서 일하는."

노형진의 말에 두 경찰은 순간 당황한 듯한 표정이 되었다.

그리고 노형진은 그걸 보고 알 것 같다는 표정으로 눈을 찌푸렸다.

'이 새끼들 악질이네.'

사람들에게 아직 알려지지 않은 사실이 몇 개가 있는데, 종종 경찰, 특히 지하철 경찰대는 사건을 조작하기도 한다는 것이다.

지하철 경찰대의 근무지는 지하철 내로 한정될 수밖에 없다.

그리고 지하철 내에서는 사람들 생각과 다르게 강력 사건이 잘 터지지 않는다.

설사 가끔 터진다고 해도, 그건 지하철 경찰대의 소관이 아니라 해당 지역 관할 경찰서의 소관이다.

'그렇다 보니 지하철 경찰대는 실적이 무척이나 낮지.'

기껏해야 소매치기나 단순 폭행 정도가 전부인 곳이다 보니 실적에 목매는 것이 바로 지하철 경찰대다.

그렇기에 지하철 경찰대의 일부는 이런 식으로 사건을 조작한다.

지하철 경찰대에서 성추행범 하나 잡는 건 다른 경찰서에서 살인범 하나 잡는 것만큼이나 인사고과가 나온다는 말이 있을 정도니까.

혼잡한 지하철에서 스치기만 해도 죄를 뒤집어씌우는 것이다.

"그래서?"

"지금 폭행하신 거 맞죠?"

"아니, 이 새끼는 현행범인데?"

"그래서 증거는?"

"뭐요?"

"증거가 어디 있느냐고요."

노형진은 경찰을 압박했다.

"그건 이제 조사해야지……요."

슬쩍 눈치를 보면서 존댓말을 붙이는 경찰.

"이봐! 당신 변호사라며! 그러면 피해자 편을 들어 줘야지! 이야, 뻔뻔하네. 어떻게 가해자 편을 들어 줘?"

하지만 다른 경찰은 그런 노형진에게 거칠게 항의했다.

"증거도 없이 사람을 체포하려고 하니까 그런 거 아닙니까?"

"이 아줌마가 만졌다잖아! 아까 못 들었어? 귓구멍이 막혔나?"

당당하게 말하는 남자.

옆에서 아줌마는 당황했다.

"아줌마가 이 남자가 만졌다고 했잖아요! 아니에요?"

"아…… 어…… 그러니까 그런 것 같다고……."

여자는 조심스럽게 말했다.

자신이 그렇게 말한 건 사실이니까.

"허어?"

경찰들은 눈에 띄게 자신감을 가졌다.

"그래, 들었지요? 갑시다. 아니면 수갑 채울까요?"

실적에 대한 기대에 차서 수갑을 흔드는 경찰을 보고 직원은 다급하게 노형진을 돌아보았다.

"끄응…… 더럽게 꼬였네."

노형진은 깊은 한숨을 쉬었다.

이런 성추행 사건은 피해자가 절대적으로 불리하다.

아니, 불리할 수밖에 없다.

대한민국에서 유일하게 무죄 추정의 원칙이 실질적으로 적용되지 않는 죄목이니까.

물론 법적으로 그렇다는 게 아니다.

하지만 현재 대한민국은 쉽게 말해서 여자가 피해를 봤다고 하면 조사고 뭐고 그걸로 끝이다.

성폭력 피해자의 말이 법이요, 진리인 셈.

성범죄에 대한 친고죄가 사라지고 나서 일부 경찰들이 이런 식으로 실적을 올린다는 것을 들은 적은 있지만 진짜로 눈앞에서 보고 나니 기가 차서 말이 안 나올 지경이었다.

"저…… 저 진짜 아무것도 안 했습니다. 진짜예요! 믿어 주세요!"

직원은 다급하게 소리쳤다.

"진정하세요. 저도 압니다."

잘 아는 직원은 아니지만 그래도 가끔 고연미 변호사와 팀을 이뤄서 일할 때 접했던 사람이다.

하지만 그는 성추행을 할 만한 성격이 되지 못한다.

일상생활에서도 친한 일부 여성을 제외하고는 말도 섞지 못하는 그가, 다른 사람도 아니고 하물며 회사의 이사인 노형진이 옆에 있는데 성추행을 한다?

사회적인 경험이 있는 사람이라면 얼마나 개소리인지 알 수 있었다.

"일단 내립시다. 아니면 현행범으로 수갑을 채울까? 어?"

아까와 다르게 반말로 나오기 시작하는 경찰들.

'그래, 안다 이거지.'

이런 성추행 사건에서 변호사의 역할은 극도로 제한된다.

그럴 수밖에 없다.

피해자 중심주의 때문이다.

그리고 아무리 변호사라고 할지라도 없는 증거를 만들어 내지는 못한다.

"바로 경찰서로 따라가겠습니다. 걱정하지 마세요. 절대 아무런 말도 하지 마시고 묵비권 행사하세요! 아셨죠?"

노형진은 끌려 나가는 직원과 함께 일단 전철에서 내렸다.

그리고 바로 전화기를 들었다.

일단 의뢰인들과의 약속은 미루는 수밖에 없다.

지금 급한 건 그쪽이 아니니까.

"고 변호사님?"

─노 변호사님? 이 아침부터 어쩐 일이세요? 안 그래도 의뢰인들이 아까부터 기다리시는 것 같던데.

"그분들한테, 죄송한데 약속을 바꿔 달라고 해 주시겠어요?"

─네? 아니, 이제 와서 갑자기요?

"주필용 씨가 방금 성추행으로 경찰에 체포되었습니다. 현행범으로."

─네? 아니 잠깐, 그게 무슨 말이에요? 저희 팀 주필용 씨요?

"네, 아무래도 이거 제대로 잘못 걸린 것 같은데요."

―아니, 이게 무슨……. 이해가 안 가는데? 그분은 그럴 분이 아닌데요.

"압니다. 아무래도 이거 독박입니다. 성추행 사건이 어떤 건지 아시죠?"

―…….

고연미라고 모르겠는가?

변호사들이 가장 싫어하는 사건이 바로 성추행 사건이다.

성추행 사건의 기본적인 구조가 안 한 걸 증명하는 건데, 존재하지 않는 걸 어떻게 증명한단 말인가?

그나마 아예 멀리 떨어진 공간에 있거나 CCTV라도 있으면 입증이라도 할 수 있는데, 아침 출근길의 지하철 같은 공간에서 성추행 사건이 터지면 변호사가 아무리 노력을 해도 뒤집어쓸 수밖에 없다.

이건 절대 못 이긴다.

그래서 억울한 마음에 피해자들을 찾아가도 백이면 백 합의를 종용한다.

"일단 제가 경찰서로 갈 생각입니다. 그러니까 바로 경찰서로 오세요."

―네. 의뢰인분들에게는 제가 사정을 잘 설명할게요. 그런데 어떻게 이런 일이…….

"그러게요."

노형진은 깊은 한숨을 쉬었다.

"이거 아무래도 개싸움이 될 것 같네요."

"안 했다니까요!"

주필용은 자신의 억울함을 호소했다.

하지만 경찰은 들은 척도 하지 않았다.

"했다잖아!"

"그러니까 아, 진짜 미치겠네."

평소에 조용한 주필용이라고 해도, 인생이 걸린 일이다 보니 답답함을 금할 수가 없었다.

사실 법률 회사에서 일하기 위해서는 신분 조회 과정을 거쳐야 한다.

전과가 있는 경우 법률 회사에서 일할 수가 없기 때문이다.

그래서 경호 팀이나 정보 팀의 경우, 공식적으로는 같은 건물 내에서 일하는 협력 회사로 되어 있다.

즉, 그가 여기서 형사처벌을 받게 되면 해직을 피할 수 없다는 소리다.

"제가 왜 성추행을 합니까! 저도 딸이 있는 애아빠입니다!"

"그런 놈이 성추행을 해? 와, 이 새끼 악질이네, 이거."

"안 했다니까요!"

"안 했다는 증거 있어! 안 했다는 증거 있느냐고!"

고래고래 소리를 지르는 주필용과, 그런 그를 비웃듯이 바라보는 경찰들.

통화를 마치고 지하철 경찰대 사무실 안으로 들어오던 노형진은 머리를 흔들었다.

'개판이구먼.'

수십 번은 본 성추행 현장과 똑같았다.

물론 진짜로 성추행을 하는 놈들도 존재한다.

당연히 그런 놈들은 잡아야 한다.

하지만 그런다고 해도 현행법과 헌법을 무시할 수는 없다.

'열 명의 도둑을 놓치더라도 한 명의 피해자를 만들지 말라? 이건 완전 개소리네.'

하지만 유독 성추행 사건은 열 명의 피해자를 만들더라도 한 명의 도둑을 잡으라는 방식으로 굴러간다.

애초에 이번 사건은 그것도 아니다.

그냥 경찰이 자기 실적에 눈이 멀어서 엉뚱한 사람에게 죄를 뒤집어씌운 것이다.

"노 변호사님! 저 억울합니다! 진짜예요!"

주필용은 노형진이 다가오자 다급하게 말했다.

노형진은 그런 그의 어깨를 다독거리면서 진정시켰다.

"일단 이야기 좀 들어 봅시다. 그리고 지금부터 내가 이 사람 변호사니까 동석해도 문제없지요?"

"끄응……."

경찰은 잠깐 짜증을 내더니 다시 조사를 시작했다.

"그러니까 저 여자분이 했다잖아."

"안 했다니까요."

"안 했다는 증거 있어?"

"그걸 왜 우리가 증명합니까?"

"그럼 네가 증명해야지! 당사자는 너니까!"

"안 했다는 증거를 어떻게 만들어 냅니까! 그러면 했다는 증거도 없잖아요!"

"피해자의 목소리 자체가 증거야, 이 새끼야!"

계속 반복되는 경찰의 조사.

노형진은 그걸 보면서 입맛을 다셨다.

'전형적이군.'

그러는 사이 문이 열리더니 고연미 변호사가 안으로 들어왔다.

"고 변호사님."

"주필용 씨, 괜찮아요?"

"저 진짜 억울합니다, 네? 진짜 아시죠?"

"알아요. 그럼요."

고연미도 그런 그를 진정시켰다.

하지만 도무지 걱정이 가시지 않았다.

그럴 수밖에 없는 게, 이런 사건의 결말은 대부분 비슷하니까.

형사처벌을 받든가, 아니면 합의금 내고 합의하든가.

"노 변호사님, 어떻게 된 거예요?"

"맨날 하는 거랑 똑같습니다."

고연미는 걱정스러운 얼굴이 되었다.

그리고 주필용 역시 걱정으로 가득한 얼굴이 되었다.

그 역시 로펌에서 일하면서 이런 사건의 결과를 숱하게 봤으니까.

"하지만 이제부터는 똑같지 않을 겁니다."

"네?"

"개싸움은 저도 잘하거든요."

노형진은 씨익 하고 미소를 지었다.

방법이 없다?

아니다. 방법은 있다.

다만 사람들이 미처 방법을 생각하지 못했을 뿐이다.

"쌍방 가죠."

"쌍방요? 폭행으로 가자는 건가요?"

"아니요."

노형진은 기다리는 동안 준비한 서류를 꺼내 들었다.

다행히 인쇄하는 것은 어렵지 않았다.

"성추행 쌍방 갑시다."

당혹스러운 말에, 순간 두 사람은 이해를 하지 못하고 그대로 얼어붙었다.

"'형법 298조, 폭행 또는 협박으로 사람에 대하여 추행을 한 자는 10년 이하의 징역 또는 1,500만 원 이하의 벌금에 처한다.' 이게 이번 사건의 핵심이죠."

노형진은 고연미 변호사를 데리고 나와서 차분하게 설명을 시작했다.

"우리가 지금까지 방어한 방법은 어떤지 아시죠?"

"무고죄죠."

성추행 사건의 가장 기본은 무고죄로 반격하는 것이다.

그런데 문제는 이 무고죄의 적용이다.

"그러면 무고죄의 인정 비율도 아시겠네요?"

"3%죠."

3%, 그러니까 저쪽에서 처벌을 목적으로 고소를 했는데 그게 조작된 거라고 인정되는 비율은 3%밖에 안 된다.

사건의 총 숫자를 기준으로 한 게 아니다.

고소된 사건 중 무죄로 판결이 난 사건을 기준으로 했을 때 무고의 성립 비율이 3% 미만.

그러니까 총 사건을 기준으로 하면, 아마 소수점 둘째 자리까지 무고 인정 비율이 떨어질 것이다.

"사실상 무고는 방어로 못 써먹습니다. 현재 한국에서 무고요? 사실상 사법입니다."

"끄응……."

사법.

그건 죽은 법을 뜻한다.

법률로서 존재하지만 법원이나 검찰이 적용하지 않아서 법률로서 효과가 전혀 없는 법들을 사법이라고 한다.

그리고 대한민국에서 무고는 사실상 사법이다.

"그러니 우리도 다른 방법을 찾아야지요."

"그게 쌍방이라고요?"

"네."

"그게 가능한가요?"

"가능합니다. 애초에 사람에 대한 추행을 기준으로 한 거잖습니까?"

성추행은 사실 남성이 여성에게 하는 경우가 압도적이다.

하지만 그렇다고 해서 여성이 남성에게 하지 않는 것은 아니다.

실제로 여성이 남성에 대한 성추행으로 처벌받은 판례도 분명 존재한다.

"법적으로 성추행은 남자도 여자도 피해자가 될 수 있죠. 그리고 이 방법은 경찰의 수사 방식을 무력화시킬 겁니다."

경찰이 사건을 조작할 때 왜 성추행 범죄를 선호할까?

그 이유는 간단하다.

다른 사건과 다르게 성범죄 사건은 조사도 증거도 필요하지 않다.

그냥 여자가 성추행당했다고 주장하면 된다.

"이번도 그런 사건이고요."

다른 사람도 아니고 경찰이 여자에게 당신은 성추행당했다고 설득하면, 여자는 진짜 성추행을 당했다고 생각하게 된다.

더군다나 그곳은 번잡한 지하철, 그것도 지옥철이라 불리는 곳.

그곳에서 사람의 엉덩이에 뭐가 안 닿으면 그게 이상한 거다.

"하지만 그 여자분도 피해자인 셈인데요. 경찰이 이용해 먹은 건데."

"압니다. 하지만 그렇다고 해서 물러나면 우리가 모든 걸 뒤집어씁니다. 차라리 쌍방으로 사건을 몰아가면 경찰이 수사를 할 수밖에 없고, 사실이 드러난 후에 취하하면 됩니다. 어차피 증거 수집을 위한 고발이니 무죄가 나올 테고요."

"끄응…… 그 여자분이 사실은 당하지 않았다고 말해도 의미가 없겠죠?"

"없습니다."

이미 성범죄를 당했다고 경찰에게 사실상 세뇌를 당했다.

그런 상황에서 피해자들은 그걸 철석같이 믿는 경우가 많다.

실제로도 지하철에는 변태들이 득시글거리니까.

"거기에다 성범죄 친고죄가 폐지되었잖습니까? 그분이 당하지 않았다고 주장해도 수사는 계속됩니다."

"피해자는 없는데 가해자만 있는 셈이네요."

"웃긴 거죠. 그걸 아니까 경찰들이 이렇게 사건을 조작해내는 거고요. 실적이 어마어마하게 쌓이니까. 일도 안 하고 그냥 실적만 쌓이는 거니까. 하지만 쌍방이 되면 이야기가 좀 달라집니다."

지금까지 경찰은 그냥 여자의 주장만 적어서 올리면 그만이었지만, 똑같은 사건에서 상반된 고소가 들어오는 경우에는 경찰이 해당 사건을 파고들어서 시시비비를 따져야 한다.

"그리고 아시다시피, 경찰의 보고서는 그렇게 대충 만들어지는 것이 아니죠."

동선에서부터 과정이나 추행 목적까지 모두 조사해야 한다.

지금까지처럼 대충 할 수는 없게 된다.

"쌍방 성추행이라……. 여자분한테 미안해지는데."

"방법이 없지 않습니까? 경찰에 제대로 수사를 시키려면요. 이미 사법이 되어 버린 무고만 붙잡고 있을 수는 없어요. 애초에 우리가 무고로 넣는 게 그 여자분한테는 더 피해가 갑니다. 일 저지른 건 경찰인데 싸우는 당사자는 우리와 여자분이 되니까요. 무고로 넣으면 입증책임은 양측이 다 져야 합니다. 경찰의 행동을 보면 아마 무고한 게 아니라는 걸 여자분에게 증명하도록 시킬 겁니다. 황당하겠지만 성추행 쌍방이라는 건 사건에 대한 이견이 있다는 뜻이 되기 때문에, 그 사건의 조사 및 입증책임이 경찰에게 있게 되거든요."

"그건 그러네요. 그 여자분도 결국은 그 질 나쁜 경찰들한테 이용당한 건데. 그러면 일단 성추행으로 고소를 할까요?"

"그래야지요. 아마 그때부터는 상황이 좀 많이 달라질 겁니다."

노형진은 이번 사건을 기회로 이런 짓을 하는 경찰들에게 제대로 엿을 먹여 볼 생각이었다.

⚖

"어, 그러니까 성추행으로 고소하셨죠?"

"네."

노형진은 당당하게 고개를 끄덕거렸다.

"증거 있습니까?"

"증거가 왜 필요합니까? 조사해 달라고 신고한 거지, 우리가 증거까지 가져다줘야 할 이유가 있나요?"

"아니, 아무리 그래도 뭔가 증거가 있어야……."

노형진은 그 경찰의 얼굴을 바라보면서 비웃음을 날렸다.

"피해자의 목소리가 증거다, 형사님이 하신 말씀입니다. 우리의 목소리가 증거입니다."

"그건……."

"아니면 여자의 목소리만 증거고, 남자의 목소리는 증거가 될 수 없나요?"

"……."

피해자 중심주의의 함정이었다.

피해자가 주장하면 죄가 성립된다면, 우리도 똑같은 피해를 주장하면 된다.

"아니면, 남자라서 우리 조사는 할 필요도 없다고 생각하십니까?"

"……."

"그럴 수는 없을 텐데요?"

그럴 수는 없다.

쌍방 고발이 들어왔고 상황은 하나뿐이다.

그러면 경찰은 그 상황을 파고들어서 진짜 범죄자가 누구인지 명확하게 확정해야 하는 책임이 있다.

"아니면 이거 폭행처럼 쌍방으로 넣으실래요?"

"그건……."

쌍방 성추행이라는 게 과연 성립하는지도 의문이거니와, 쌍방 성추행이라고 하면 법적 균형이 문제가 된다.

지금까지는 남자가 일방적인 성추행범으로 몰려서 모든 죄를 해명해야 했지만, 이제는 그게 아니다.

여자도 성추행이니 똑같은 입증책임을 져야 하며, 또한 똑같은 처벌을 받아야 한다.

"우리가 300만 원 벌금이라면 그쪽도 그 정도 벌금은 나와
야지요. 안 그런가요?"

곤혹스러운 표정이 되는 경찰들.

그럴 수밖에 없다.

당장 여자한테 성추행당했다고 피해망상을 세뇌한 것이
그들이다.

그런데 반대로 성추행으로 고발당했다고 이야기하면 여자
가 격하게 반응할 건 당연한 일.

"제대로 조사를 해 주시기 바랍니다."

경찰은 똥 씹은 얼굴로, 바깥으로 나가는 노형진의 뒷모습
만 바라볼 수밖에 없었다.

⚖️

"그러니까 아침에 출근해서……."

조사가 시작되고, 노형진은 주필용과 함께 경찰서에 출석
했다.

그리고 같이 출석한 여자의 행동을 보고 속으로 미소를 지
었다.

"아니, 내가 언제 성추행을 했다는 거야!"

"아줌마가 제 의뢰인한테 엉덩이를 문질렀잖아요. 제 피
해자는 그로 인해 상당히 심한 성적 모독을 느꼈습니다. 그

걸 성추행이라고 하는 겁니다."

"아니, 내가 언제! 닿은 적도 없는데!"

"전에는 닿았다면서요?"

"성추행당했다고 한 건 당신들이잖아!"

여자는 어이가 없어서 소리를 빽 질렀다.

성추행당했다고 한 건 경찰인데, 이제는 자기가 성추행했다고 하니 기가 막힐 수밖에.

'자, 어쩔 것이냐.'

이 성추행 누명을 벗어나기 위해서는 닿은 적도 없다는 것을 인정해야 한다.

하지만 그걸 인정하면 자신이 성추행을 당했다는 주장에 구멍이 생긴다.

그렇다고 진짜로 닿았다고 주장한다?

그때는 그게 과연 누가 먼저 성추행을 한 건지 증명해야 하는데…….

'경찰은 그걸 증명할 방법이 없지.'

곤혹스러운 얼굴로 머리를 북북 긁는 경찰을 보면서 노형진은 비웃음을 삼켰다.

그곳에서 누가 먼저 성추행을 했는지 증명하기 위해서는 명확한 증거가 필요하다.

"그래서 명확한 증거가 나왔습니까?"

"그건…….."

나왔을 리가 없다.

증거도, 증인도 없이, 오로지 피해자 진술에 의지해서 성립된 사건이었으니까.

"왜 증거를 못 찾으세요? 누차 말씀드렸잖습니까, 저 여자분이 제 의뢰인의 손에 대고 자신의 엉덩이를 문질렀다고?"

"나 안 그랬다니까요!"

"그러니까 증거 있습니까? 증거가 있어야 인정하지요. 설사 닿았다고 한들, 그게 당신이 문지른 건지 어떻게 압니까?"

"뭐어? 그걸 내가 왜 증명해! 경찰이 증명해야지. 경찰이 이야기해 준 건데!"

"성추행을 한 건 당신이지 않습니까? 당연히 당신이 안 했다는 증거를 내놓아야지요."

상황은 완전히 역전되었다.

이쪽도 성추행으로 몰아붙이면서 결국은 경찰도, 피해자도 똑같이 입증책임을 지게 된 것.

"설마 제 의뢰인인 주필용 씨가 남자니까 죄를 저지른 거 맞다는 식의 말도 안 되는 조사 결과를 내놓으실 건 아니죠?"

그건 불가능하다.

방어적 입장에서 무고로 엮을 때야 가능하겠지만, 조사를 할 때 남자와 여자를 차별하는 것은 명백한 징계 사유다.

"우리, 이거 조사 끝나고 차이가 심하면 감사 신청할 겁니다."

"크윽……"

경찰들은 진땀을 흘렸다.

실적을 위해 엮은 사건이 이렇게까지 피를 말리게 할 줄은 몰랐을 테니까.

"제대로 조사해 주세요."

"아니, 조사를 한다고 해도, 증거가 없는데……."

"아, 진짜 이 경찰들이 뭘 모르네. 피해자 중심주의 몰라요? 피해자가 한 거라고 하면 성범죄는 성립합니다. 수사 한 두 번 해 보시나?"

노형진이 염장을 지를수록 경찰들은 입을 꾸욱 다물었다.

뭐라고 변명할 수가 없다.

실제로 그런 식으로 조사를 해 왔으니까.

"증거를 명확하게 담아서 검찰에 넘기세요."

쐐기를 박은 노형진은, 옆에서 잔뜩 긴장한 얼굴로 서 있는 주필용을 바라보았다.

"저기, 변호사님. 이래도 됩니까? 아무래 그래도 경찰인데……."

"됩니다. 저쪽에서 개싸움을 걸어오는데 우리가 무고로 방어하면 우리만 당합니다. 이런 싸움의 방식은 난타전입니다. 죽창으로 너도 한 방 나도 한 방, 똑같이 찌르는 거죠."

"하지만 이런 건 진짜 변태들이 하면……."

아무래도 주필용은 이런 게 소문이 나서 진짜 변태들이 써먹을까 봐 걱정인 모양이었다.

"그건 걱정하지 않으셔도 됩니다. 사실 진짜 변태들은 이런 방식 못 씁니다."

"어째서요?"

"조사 기록이 남으니까요."

한 번이야 그렇다고 쳐도, 세 번 네 번 잡혀 온다면 그건 명백하게 성추행범이라는 증거다.

"거기에다 열 명의 도둑을 놓치더라도 한 명의 피해자를 만들지 말라는 게 법의 가치입니다. 지금까지 경찰들, 제대로 수사 안 하고 실적만 날로 먹으면서 피해자들 양산한 게 사실이고요."

"그건 그렇지만……."

"그리고 중요한 건 우리가 이기는 겁니다. 미래의 다른 피해가 두려워서 아무것도 하지 못하면 주필용 씨의 미래는 끝장납니다. 그건 아시지 않습니까?"

주필용은 아무런 말도 못 했다.

실제로 그러니까.

그가 과연 새론을 그만둔 후에 제대로 된 직장을 잡을 수 있을까?

성범죄자의 딱지가 붙어 있는 상황에서?

"지금 중요한 건 당신이 살아남는 겁니다. 남의 미래는 남이 해결하게 두세요."

"네……."

결국 고개를 끄덕거리는 주필용.

"그나저나 경찰이 뭐라고 검찰에 씨불일지 참 궁금하네요. 후후후."

"이 새끼 봐라? 잔머리 쓰네?"

검사는 사건 기록을 보면서 눈을 찌푸렸다.

"누가 성추행했는지 알 수 없다?"

"그게…… 상황상……."

"그래서 상황상? 뭐? 어쩌라고?"

"둘 다…… 성추행을 한 것 같기도 하고."

검사는 눈을 찌푸렸다.

지금까지 쏠쏠하게 사건을 물어 와서 좋아했는데, 이런 병신 같은 소리를 하다니.

"그러니까 시간의 흐름을 봐서는, 아무래도 여자가 먼저 엉덩이를 문지르고 남자가 움켜쥐었을 수도 있고, 아니면 남자가 먼저 움켜쥐니까 여자가 문질렀을 수도 있고……."

"야, 이 미친 새끼야! 그게 성추행이야? 그건 합의에 의한 관계잖아!"

"그…… 그런가요?"

"너 이 새끼 정말! 제대로 조사 안 해?"

"하지만 조사할 건덕지가 없습니다. 진짜예요."

아니, 조사 자체가 불가능하다고 봐야 한다.

그 당시 지하철에 증인이나 CCTV 기록이 없으니까.

"아무래도 저희가 증명할 수가 있는 게 없습니다."

"햐, 이거 봐라. 노형진이라……. 이 씹새끼, 내가 이야기 많이 듣기는 했지."

검사는 변호사의 이름을 보고는 이죽거렸다.

노형진.

자신의 선배들을 갈아 넣는 것으로 유명한 변호사.

"잔머리 잘 썼어, 진짜."

"어떻게 하지요?"

"어떻게 하긴. 기소 의견으로 넣어야지."

"네, 하지만……."

증거가 없다.

자신들이 조사를 했지만, 누가 성추행을 했는지 증명할 방법이 없었다.

검사는 피식하고 비웃음을 날렸다.

"이런 사건이 없었는 줄 알아?"

"네?"

"없었는 줄 아느냐고. 나름 잔머리 썼지만, 이미 이런 사건이 있었어."

"있었다고요?"

"그래. 여자가 먼저 성추행을 한 사건이 있어. 나중에야 그 여자가 상습범인 게 들통나서 뒤집어지기는 했지만."

휴게실에서 잠들어 있던 남자 직원을, 여자 사장이 먼저 성추행을 했던 사건이 있었다.

그 당시 남자 직원은 그 여사장을 성추행으로 고소 넣었다.

"그런데 1심에서 처벌은 남자가 받고 여자는 무죄가 나왔지. 왜 그럴까?"

"어, 글쎄요?"

"간단해. 지금하고 똑같았거든. 여자 쪽 변호사가 남자를 성추행으로 집어넣은 거야. 노형진이 그걸 알고 집어넣었는지는 모르지만."

"아하!"

남자와 여자가 동시에 성추행을 했다고 주장하는 상황.

그런데 공교롭게도 그 당시 휴게실에는 CCTV나 증인이 없었다.

"원래 이런 판결은 이미 답이 딱 정해져 있는 거야. 여자는 무조건 피해자, 남자는 무조건 가해자. 몰라서 물어? 그 사건도, 다른 남자 직원들이 단체로 증거 들고 고발 넣지 않았으면 그냥 확정이었어. 나중에 남자 직원들이 고발 넣으면서 사건이 뒤집어진 거지."

"그랬겠네요."

왜 경찰과 검찰이 성추행 사건을 선호하느냐?

실적 점수는 상당히 높은 사건인 데 반해 할 일은 거의 없기 때문이다.

대부분의 사건에서 추가적 조사 없이 그냥 피해자 측의 의견만 올려도 사건은 성립되며, 처벌까지 다이렉트로 진행된다.

"노형진 변호사라⋯⋯. 이거 나름 잔머리 썼는데 말이지. 아무래도 헛짓거리했네."

검사는 이죽거리면서 웃었다.

"이 새끼 엿 먹이면 선배들한테 예쁨 좀 받겠네, 후후후."

그는 웃으면서 컴퓨터에서 새로운 서식 파일을 불러왔다.

인간의 욕심은 끝이 없다

노형진은 눈앞에서 벌어지는 상황이 이해가 가지 않았다.

"지금 뭐 하는 겁니까?"

"구속영장을 집행하는 겁니다."

"구속영장이라니요?"

"변호사가 법도 모릅니까? 구속영장 몰라요?"

빈정거리면서 노형진을 놀리는 두 사람.

노형진이 구속영장이 뭔지 모를 리가 없다.

"내가 구속영장이 뭔지 몰라서 묻습니까, 지금?"

회사로 와서 주필용에게 수갑을 채워 끌고 가려는 경찰들.

"성추행으로 인해 구속영장이 나와요? 그것도 입증도 되지 않은 사건으로?"

말도 안 된다.

구속영장이 발급되는 경우는 극히 드물다.

구속이라는 것은 가해자가 증거를 인멸하거나 도주의 우려가 있을 때 그 신병을 확보하는 것이 목적이다.

"지금 이번 사건이 그럴 거라고 생각하는 겁니까?"

인멸한 증거도 없고, 멀쩡한 직장을 다니며, 결혼해서 애까지 있는 사람이 무슨 도주를 한단 말인가?

"아, 우리는 모르고요. 구속영장 나왔으니까 집행하겠습니다."

강제로 주필용을 끌고 가려는 경찰.

"당신들 진짜……!"

고연미가 어이가 없어서 항의하려고 하자 노형진은 그녀를 말렸다.

"진정하세요."

"아니 노 변호사님, 진정하게 생겼어요? 이거 누가 봐도 엿 먹으라는 거잖아요!"

"그래서 진정하라는 겁니다."

노형진은 이를 빠드득 갈았다.

"이런 식으로 나오면 우리도 우리 방식대로 나가면 됩니다."

"흥, 마음대로 하슈."

승자의 미소를 지으면서 비웃는 경찰들.

주필용은 이 상황에서도 호들갑을 떨지는 않았다.

다만 심호흡을 하면서 마음을 다스릴 뿐이었다.

"노 변호사님, 전 노 변호사님만 믿겠습니다."

"알겠습니다. 걱정하지 마세요. 제가 바로 풀어 드리겠습니다."

"네."

주필용은 고개를 끄덕거리고 경찰들과 함께 나갔고, 노형진은 주먹을 꽉 쥐고 부들부들 떨었다.

심각한 모멸감이 그의 속을 말 그대로 홀랑 뒤집고 있었다.

"아니, 노 변호사님! 이게 말이나 돼요? 도대체 이런 사건으로 구속영장이 나온다는 게 말이나 되느냐고요!"

여직원 하나가 어이가 없다는 듯 소리를 질렀다.

이미 주필용이 죄를 뒤집어썼다는 소리는 회사에 다 퍼진 상태였고, 그런 사건을 워낙 많이 보다 보니 대부분의 직원들이 이런 게 우리 문제가 될 수도 있구나 하는 생각에 걱정 중이었다.

그런데 구속이라니.

"보복이 들어온 겁니다."

"네? 보복이라니요? 우리가 뭘 했다고요?"

"기존 사법 체계에 도전했으니까요."

성추행 사건은 대부분 스무스하게 넘어간다.

그런데 노형진이 태클을 걸었다.

당연하게도 이런 기조가 유지되면 경찰이고 법원이고 검

찰이고 사건 하나하나를 파고들어야 하는데, 그러면 업무량
이 늘어날 수밖에 없다.

"지금까지 처리되던 방식을 바꿀 생각이 없으니 너희는 입
닥치고 있어라 이 말이군요."

고연미는 분노로 입술을 깨물며 말했다.

노형진은 고개를 끄덕거렸고.

"고작 그걸로 그런다는 게 말이 됩니까?"

"말이 됩니다. 애석하게도 결국 검찰도 사법부도 정의로
운 자들이 아니에요. 전형적인 공무원들이죠. 자기가 귀찮게
되는 일은 절대 하지 않으려고 합니다. 실제로 그런 일도 있
었고."

"실제로 그런 일?"

노형진은 검사가 이야기했던 일화를 알고 있었다.

거기서 아이디어를 찾은 것도 사실이고.

"그런 거라면 진실을 증명할 수는 없잖습니까?"

사실상 사법부는 답을 정해 두고 그걸 강요하는 셈이다.

그런데 거기에 무슨 정의가 있단 말인가?

"정의요?"

노형진은 피식하고 웃었다.

"이 사건에 정의는 없습니다. 그냥 공무원만 있을 뿐이죠.
사법부에 대한 존경의 의미로 참았는데, 후우."

노형진은 깊은 한숨을 쉬었다.

"공무원으로 굴겠다면 우리도 공무원으로 대해 줘야지요. 고연미 변호사님이 구속적부심사 신청해 주세요. 아마 증거도 없이 나온 구속영장이라 어렵지 않게 풀려날 겁니다. 그리고 그 판사와 검사가 했던 사건들, 특히 성추행 사건들 집중적으로 조사해 주세요."

"성추행 사건요?"

"네. 이딴 식으로 행동했다면 다른 사건들 역시 이번 사건과 별반 다르지 않을 겁니다. 그걸 가지고 물고 늘어져야겠습니다."

이번 구속은 말 그대로 경고를 위한 구속이다.

증거도 없이 나온 구속영장.

그러니 구속적부심사에 들어가면 깨질 수밖에 없다.

"그걸 알면서도 영장을 내준 거예요?"

"원래 공무원들은 끼리끼리 붙어먹으니까요."

노형진은 심호흡을 하면서 말했다.

"전 바로 형사소송 준비하겠습니다. 더 이상 이런 장난질 못 치게 해야지요."

두 번이나 장난질에 당할 생각이 노형진에게는 전혀 없었다.

⚖

노형진의 예상대로 구속적부심사에서 구속의 필요성이 입

증되지 않아 구속은 무효가 되었다.

그 덕분에 주필용은 사흘 만에 풀려났고.

하지만 노형진은 제대로 화가 난 상태였다.

"결국 이 사건의 형사적 부분은 경찰이 입증을 못 할 겁니다. 저들은 기존처럼 재판을 하고 싶은 것이겠지요."

"하지만 그런 경우에 우리가 할 수 있는 게 없잖아요? 사실상 사법부는 답을 정해 두고 거기에 사건을 끼워 맞추는 건데."

"네, 그 부분을 노릴 겁니다."

노형진은 차분하게 말했다.

"아직 답장이 오지 않았지만요."

"답장요?"

"네, 답장요. 공무원이면 공무원답게 굴게 만들어야지요."

노형진은 그렇게 말하며 서류를 정리하면서 깊은 심호흡을 했다.

모든 준비는 끝났다.

검사는 주필용이 거의 상습 성추행범인 것처럼 주장하고 있었다.

검사의 공소가 끝나자 노형진은 자리에서 일어났다.

"시작할까요?"

노형진은 옆에 앉아 있는 주필용을 바라보며 씩 웃고는 앞으로 나섰다.

"재판장님, 피고인 주필용은 그날 성추행을 한 적이 없습니다."

검사는 비웃음을 날렸다.

이미 사건 방식은 정해져 있으니까.

"그래요? 증거 있습니까?"

"증거는 없습니다. 하지만 검찰 측 역시 피고인 주필용이 성추행을 했다는 어떠한 증거도 제출하지 못했습니다."

"재판장님, 피해자의 목소리가 증거입니다. 피해자가 분명 성추행을 당했다고 이야기했습니다."

기존과 같은 방식의 공격.

그리고 그게 언제나 통했다, 지금까지는.

"재판장님, 피해자의 목소리가 증거라고 한다면 세상에 성립하지 않는 사건은 없을 겁니다. 그리고 피고인은 그날 상식적으로 성추행을 할 수 있는 상황이 아니었습니다."

"상식적으로 성추행을 할 수가 없다는 게 말이나 됩니까? 성추행범이 '아, 오늘은 성추행하면 안 되는 날이겠다.'라고 한답니까?"

검사의 말에 노형진이 피식 웃었다.

"검사님, 그날은 본 변호인이 피고인과 같이 있었습니다."

"그게 성추행 안 하는 거랑 무슨 관계가 있단 말인가요? 같이 있다고 해서 손이 어디 가는 것도 아니고, 뒤에 있는 여자 엉덩이를 슬쩍 잡는 게 어려운 것도 아니고요."

검사의 말에 노형진은 머리를 절레절레 흔들었다.

'제대로 조사를 했다면 모를 리가 없지.'

제대로 한 번이라도 사건을 파고들었다면 그 상황이 어떤지 모를 리가 없다.

그런데 검사는 모른다.

이는 즉, 제대로 조사도 하지 않았다는 뜻이다.

언제나처럼 말이다.

"그럴까요? 재판장님, 본 변호인은 법무 법인 새론의 이사 직을 겸하고 있습니다. 또한 피고인은 새론에서 사무원으로 근무 중인 자입니다. 즉, 출근길에서 회사에서 까마득하게 높은 상관을 만난 것입니다. 그런데 그 상황에서 어떤 로펌의 사무원이 성추행을 할 수 있겠습니까? 사회적 통념을 생각하면 피고인이 성추행을 할 가능성은 제로라고 봐야 합니다."

"뭐라고요?"

노형진의 말에 상대방 검사는 당황했다.

그건 몰랐던 사실이니까.

'그 잘나신 경찰들 덕분에 말이지.'

경찰은 동일 회사에 다니는 관계가 있는 자라고, 노형진의 진술에 대해 전혀 인정하지 않았다.

그러니 그런 기록이 검사에게 넘어갔을 리가 없다.

"이를 증명하기 위해 그날 당일 본인의 카드 사용 내역을 이미 제출했습니다. 이 사용 내역에는 최초 교통 카드 사용 시간이 적혀 있으며 그 당시에 운행한 지하철의 시간 역시 비교되어 있습니다."

검사는 다급하게 자신에게 온 서류를 찾았다.

그게 설마 노형진의 자료라고는 생각하지 못한 모양이었다.

하긴, 노형진이 고의적으로 이름은 뺐으니까.

"재판장님! 이건 말도 안 됩니다. 이 사용 기록을 보십시오. 다른 날은 전혀 사용 기록이 없다가 딱 그날만 대중교통 사용 기록이 있습니다. 이 증거는 피고인 측이 조작한 증거임이 분명합니다."

검사는 사건 기록을 보면서 거칠게 항의했다.

자신이 몰랐다는 것을 인정하기 싫었던 것이다.

하지만 노형진은 당당했다.

거짓말을 한 적이 없으니까.

당연히 검사가 저렇게 항의할 것을 예상하고 대응책을 준비해 놨다.

"재판장님, 그날은 본 변호인의 차량 고장으로 인해 두 달 만에 처음으로 대중교통을 사용한 날입니다. 당연히 그날을 제외하고는 사용 기록이 없습니다. 이를 증명하기 위해 다음 날 보험회사의 출동 기록과 진단 내역을 제출하는 바입니다."

"크음."

반격이 막히자 검사는 저도 모르게 신음을 냈다.

이렇게 바로 서류를 제출한다는 것은 노형진이 모든 것을 예측하고 있었다는 소리이니, 그의 입장에서는 반가울 수가 없는 노릇이었으니까.

"자신이 다니는 직장의 하늘 같은 상관이 옆에 있는데 성추행을 할 수 있는 사람이 얼마나 있을까요, 재판장님?"

검사는 바로 항변했다.

"그건 정황상의 증거입니다, 재판장님."

"하지만 성추행을 했다는 주장 역시 정황상의 주장 아닌가요, 아무런 증거도 없는?"

"당시 피고인 주필용을 성추행으로 잡은 것은 다름 아닌 현장에 있던 경찰관이었습니다. 그런데 피고인은 뻔뻔하게 피해자를 성추행으로 고소했습니다. 경찰관이 성추행으로 잡은 사람이 정작 성추행으로 피해자를 고소한다는 게 논리적으로 맞지 않습니다."

자신 있게 말하는 검사.

마치 기다렸다는 듯 말이다.

하긴 경찰이라는 것, 그건 어찌 보면 법원에서 인정하는 가장 강력한 증인이니까.

나름 훌륭한 방어였다.

한 가지만 빼고 말이다.

'권위에 기대는 오류군.'

경찰이니까 거짓말을 하지 않을 테고, 경찰이 성추행으로 잡았으니 성추행을 한 것은 주필용이 맞다는 논리.

물론 그 정도 깨는 것은 노형진에게 어려운 일이 아니었다.

사실 예상은 했다.

그거 말고는 아무것도 없으니까.

"재판장님, 그 부분에는 심각한 오류가 있습니다."

"심각한 오류? 형사들이 그 현장을 잘못 보기라도 했다는 건가요?"

"아닙니다, 재판장님."

노형진은 고개를 흔들었다.

그는 잘못 본 거라는 애매한 논리로 공격을 할 생각이 전혀 없었다.

증거가 없으면 당연히 씹힐 테니까.

"그 당시는 출근 시간이었습니다. 당연히 엄청나게 사람들이 밀렸고요. 지하철의 탑승 인원은 지하철 정원의 3.38배입니다. 지하철공사에서는 탑승객들의 안전과 흐름을 파악하기 위해 평균 탑승치를 구하고 있습니다. 그리고 대부분이 평균치는 들어맞습니다."

그럴 수밖에 없다.

한쪽은 텅텅 비운 채 다른 한쪽에만 사람들이 몰리지는 않을 테니까.

물론 여성 전용 칸이 있기는 하지만 여성 전용 칸이라면 이런 사건이 벌어질 리가 없다.

"그리고 지금 보여 드릴 영상은 지난 닷새간 사건이 벌어진 현장에서 찍은 영상입니다."

노형진이 영상을 들고나오자 다들 고개를 갸웃했다.

사건 당시 영상은 없었으니까.

"지난 닷새간의 영상이 무슨 의미가 있습니까?"

"일단 봐 주시기 바랍니다. 이 영상은 사건이 발생한 똑같은 장소, 똑같은 시간에 찍은 겁니다."

노형진은 그걸 재생했다.

화면의 영상에는 사람 키 높이 정도의 공간이 찍혀 있었다.

-아, 밀지 마요.

-아, 쫌.

-들어갑시다.

-밀지 말라니까.

여러 군상의 왁자지껄한 목소리가 녹음되어 있지만, 사실 사람들을 구분하는 것은 쉬운 게 아니었다.

"이 영상은 당시에 저희가 양해를 구하고 촬영한 것입니다."

"그래서요? 사람이 많기는 한데, 이게 피고인 측이 성추행을 하지 않았다는 증거는 되지 않습니다만?"

판사는 시큰둥하게 말했다.

애초에 이쪽 말은 들을 생각이 없었으니까.

하지만 변론이 진행될수록 그의 표정은 굳어졌다.

무시하기에는 심각한 오류가 있었으니까.

"아닙니다, 재판장님. 제가 말씀드리고 싶은 것은 성추행의 여부가 아닙니다. 제가 말씀드리고자 하는 건, 두 경찰이 피고인 주필용을 볼 수가 없었다는 사실입니다."

"네?"

"닷새간의 영상의 탑승 비율은 3.12과 3.24 그리고 3.45, 3.81, 3.67입니다. 즉, 사건 당시의 3.38과 상당히 비슷한 비율이라는 겁니다. 이런 상황에서는 바로 옆에 있는 사람들조차도 알아보는 게 쉽지 않습니다."

"아!"

어디를 돌아보아도 사람들이 바글거리고, 한 걸음을 움직이기 힘든 공간.

"이 카메라는 정확하게 해당 경찰의 시선 높이에 맞춰져 있습니다. 경찰 측에 문의해서 해당 경찰관의 키에 대해 확인하였습니다. 재판장님, 이 카메라 영상에서 탑승자의 엉덩이가 보이십니까?"

"전혀 안 보이는군요."

엉덩이는커녕, 워낙 사람이 조밀하게 뭉쳐 있어서 사람의 머리도 간신히 구분할 수 있을 정도다.

말 그대로 출근길의 지옥철이다.

얼마나 **빽빽**한지, 콩나물시루라고 해도 믿을 정도의 공간.

"그런데 해당 경찰들은 마치 투시라도 한 것처럼 피고인에게 다가와서 성추행했다고 주장했습니다."

"으음."

생각지도 못한 반론에 검사는 당황했다.

이건 자신이 봐도 어떻게 할 수가 없는 증거다.

"그날은 사람이 적었을 수도 있습니다."

"검사님, 3.38입니다. 실험 결과 좀 떨어진 공간에서 성추행 사실을 확인하기 위해서는 그 탑승자 비율이 1.3을 넘어서는 안 됩니다. 거의 세 배 수준인데, 그 칸만 그렇게 사람들이 텅텅 비워 둘 이유가 있나요? 그리고 아까도 말씀드렸지만 본 변호인이 같이 탑승하고 있었습니다."

"……."

노형진은 지하철을 타고 다닐 일이 많지 않다.

그렇기 때문에 그날 사람들이 얼마나 많이 있는지 확실하게 느꼈다.

"경찰들의 사건 기록은 다음과 같습니다. 4미터 정도 떨어진 곳에서 피고인 주필용이 피해자의 엉덩이를 손으로 문지르는 것이 눈에 띄었다. 재판장님, 이 영상에서 4미터 거리에 있는 사람의 손이나 둔부가 확인이 되십니까?"

그런 사람이 있다면 아마 초능력자일 것이다.

그것도 투시 능력이 있는.

"제게 그런 능력이 있으면 경찰 안 합니다."

노형진의 촌철살인에, 검사는 얼굴이 붉으락푸르락해졌다.

"그러고 보니 오늘 경찰들이 증인으로 신청되어 있는 것으로 아는데, 지금 올려 보내 주시기 바랍니다."

"그건……."

당황한 검사는 눈치를 살폈지만, 이미 증인 신청이 되어 있는데 이제 와서 안 된다고 할 수는 없었다.

"인정합니다. 증인은 증인석으로 올라오세요."

경찰 중 한 명이 엉거주춤하게 증인석으로 올라왔다.

당연히 증인 선서를 했다.

'이제 역습할 시간이다.'

노형진은 차분하게 그를 노려보며 미소 지었다.

"증인, 선서했을 테니 아실 겁니다, 여기서 위증하면 처벌받는다는 거. 설마 경찰이 그걸 모르시지는 않을 테죠?"

"네."

눈치를 보면서 고개를 끄덕거리는 경찰.

노형진은 그에게 첫 번째 질문을 던졌고, 그는 상당히 당황했다.

예상과 다른 질문이었으니까.

"그래서, 누가 먼저 발견했나요?"

"네?"

"피고인이 성추행하는 것을 누가 먼저 발견했느냔 말입니다."

"그게 무슨 말씀이신지?"

"두 사람이 동시에 '아, 저 사람이 성추행하는구나.' 하고 신이 점지라도 해 준 게 아니라면, 둘 중 한 분이 먼저 발견하고 저기에서 성추행이 이루어지고 있다며 다른 동료에게 지원을 요청하는 것이 정상 아닙니까?”

노형진의 말에 흠칫하는 경찰들.

상식적으로 그게 맞다.

경찰이 거기서 순찰을 한다면 각자 다른 공간을 보면서 범죄의 징후가 있는지 확인하지, 같은 공간을 보거나 갑자기 두 사람이 한 사건을 동시에 발견할 가능성은 거의 없다.

“그 당시 피고인은 거의 왼쪽 끝에 있었고 두 분은 가운데에 자리 잡고 있었습니다. 그 말은, 한 분은 반대쪽인 오른쪽을 감시해야 한다는 뜻입니다. 그런데 누가 먼저 발견했나요?”

증인석의 경찰은 눈을 데굴데굴 굴렸다.

‘그래, 그런 건 미리 말을 맞춰 놓지 않았겠지.’

그냥 두 사람이 발견했다고 쓰면 그만이니까.

설사 맞춰 놓았다고 해도 문제가 된다.

‘발견했다는 놈이 독박이다.’

정황상 발견 자체가 불가능하다.

당연하게도 그걸 발견했다는 것 자체가 독박이 되며, 다른 한 명은 상대가 발견했다고 해서 동행했다고 하면 벗어날 수 있는 상황이 된 것이다.

‘너희들의 그 알량한 우정이 얼마나 가는지 두고 볼까?’

노형진의 그런 생각은 오래가지 않았다.

"제가 발견한 건 아니라서……."

"아니, 그게 무슨 소리야!"

방청석에 있던 다른 경찰이 일어나서 소리를 빽 질렀다.

자신이 독박을 뒤집어쓸 판이었으니까.

"조용히 하세요! 여기 신성한 법정입니다!"

노형진은 그 경찰에게 소리를 질렀다.

'왜, 남의 인생 날릴 때는 재미있다가 자기 인생이 걸리니까 재미가 없어지나 보지?'

노형진은 당황해서 어쩔 줄 모르는 그를 보면서 피식하고 비웃음을 날렸다.

"증인이 아니라 다른 분이 발견했다고요?"

"네."

"그렇군요. 재판장님, 간단한 실험을 하고 싶습니다. 허락해 주시겠습니까?"

"실험요? 여기서요?"

"네, 어려운 실험은 아닙니다. 사람이 좀 필요할 뿐입니다."

"뭐, 그렇다면 인정하겠습니다."

판사는 고개를 끄덕거렸다.

그러자 노형진은 고연미 변호사에게 눈짓을 했고, 고연미 변호사는 바깥으로 나갔다가 들어왔다.

그런데 혼자 나갈 때와는 달리 들어올 때는 수십 명의 남자들과 함께였다.

"누굽니까?"

"저희 회사의 남자 직원들입니다. 이번 사건의 실험을 위해 불렀습니다."

노형진은 그렇게 말하고 줄자를 꺼냈다.

그리고 방청석 앞의 넓은 공간에 남자들을 몰아넣고 정확하게 4미터를 쟀다.

"아까 봤다는 경찰분, 여기에 서 주시겠습니까?"

노형진이 뭘 하려고 하는지 알아차린 경찰은 얼굴이 사색이 되었지만, 이미 상황은 그의 통제에서 벗어난 뒤였다.

"제가 미리 이 안에서 성추행을 부탁했습니다. 세 명이 이 안에서 성추행 중입니다. 이 공간의 밀도는 대략 3.0입니다. 그날보다 훨씬 낮은 거죠. 그리고 이곳이 4미터 지점입니다. 이 안에서 성추행하는 사람을 골라내 주시기 바랍니다. 세 명입니다. 그중 한 명이라도 골라낼 수 있으시겠지요. 아, 혹시나 실제로는 아무도 안 한 거 아니냐는 말씀을 하실까 봐 지금 이 안에서 다른 직원이, 그 성추행 직원이 상대 직원의 엉덩이를 붙잡고 있는 장면을 현재 찍고 있습니다. 그러니까 성추행이 이루어지고 있다는 건 확실합니다."

남자들이 바글바글한 공간. 그 공간을 보면서 경찰은 진땀을 뻘뻘 흘렸다.

"이 상황은 그날보다 훨씬 관찰하기가 좋습니다. 그날과 다르게 저 무리 사이에 다른 사람이 있는 것도 아니니까요.

거기에다 다수를 관찰하는 것도 아니고 저 무리만 보시면 되는 상황입니다. 찾아 주십시오."

노형진이 물러나자 뚫어지게 바라보는 경찰.

하지만 그런다고 보이는 건 없었다.

다들 무표정하게 사방을 바라볼 뿐이니까.

"그리고 제 기억이 맞는다면, 피해자는 그날 먼저 소리를 지르거나 반응하지 않았습니다."

노형진의 말에 그는 침을 꿀꺽 삼키고 한참을 바라보다가 세 사람을 골랐다.

"확실합니까?"

"네."

"그러면 지금 지명받은 세 사람과 성추행을 하고 있는 가해자분들과 피해자분들은 그대로 계시고, 나머지 분들은 물러나 주시기 바랍니다."

우르르 나오는 사람들.

그리고 사람들이 모두 빠져나갔을 때, 경찰은 똥 씹은 표정이 되고 말았다.

그의 말이 맞는다면 거기에는 여섯 명이 남아야 한다.

가해자와 피해자만 남아야 하니까.

그런데 남은 사람은 아홉 사람.

그러니까 가해자, 피해자 외에 그가 지명한 세 사람이 더 있었다는 것.

즉, 그는 단 한 명도 맞히지 못한 것이다.

"재판장님, 이 실험의 참가자는 단 쉰 명입니다. 단 쉰 명 중에서 한 명도 찾아내지 못했습니다. 그 당시 지하철의 탑승자는 수백 명이고요. 애석하게도……."

노형진은 잠깐 말을 멈췄다가 경찰을 뚫어지게 바라보았다.

"저분이 투시력이 있는 것 같지는 않네요. 우리는 이렇게 한 명의 초능력자를 잃었습니다."

고개를 푹 숙이는 경찰.

"나가셔도 됩니다."

사람들이 나가고 나자, 노형진은 증인석에 있는 경찰에게 다가갔다.

"증인, 경찰서에 질의해 보니 증인하고 파트너가 해결한 성추행 사건이 엄청나게 많던데요?"

"그건……."

"그래서 증인, 봤습니까, 확실하게?"

"……."

경찰은 고개를 푹 숙였다.

'그렇겠지.'

여기서 봤다고 하면 투시 능력이 있지 않은 이상 위증이 될 수밖에 없다.

안 봤다고 하면 자신들이 사건을 조작했다는 걸 인정하는 셈이고.

그러면 자신들이 처리했던 모든 사건을 다시 수사하게 될 것이다.

"무슨 생각 하는지 압니다. 이미 저희 로펌이 증인에게 체포되었던 사람들과 접촉 중입니다. 그러니 진실을 말해 주세요."

"크흑……."

그의 입에서는 대답 대신에 울음이 터져 나왔다.

⚖️

"와, 상황이 이렇게 되었는데 공소를 유지한다고?"

결국 경찰은 보지 못했다고 인정했다.

과학적으로 볼 수 있는 방법이 없으니까.

진짜로 초능력자가 아닌 이상에야 말이다.

"미친 거 아닌가요, 검찰?"

"이런 사건의 특성이잖습니까? 피해자 중심주의."

노형진은 비웃음을 날렸다.

피해자 중심주의.

어떠한 법 이론에서도 인정받은 적 없고, 제대로 논리도 정립되지 않은 주장이 현재 대한민국을 쥐고 흔든다.

"더 웃긴 건 성범죄 한정이라는 거죠."

다른 건 피해자는 전혀 신경 쓰지 않는다.

억울해서 자살을 하든 정신과에 다니든 전혀 신경 쓰지 않으면서, 오로지 성범죄에만 적용한다.

"그러면 어쩌죠? 재판을 해도 결국 답은 정해진 상황일 텐데."

고연미가 걱정스러운 표정으로 되물었을 때 노형진은 서랍에서 한 장의 편지를 꺼내 들었다.

"그게 뭐예요?"

"제가 기다리던 답장입니다."

"법무부에서 왔네요?"

"네, 법무부에서 왔죠."

"그게 뭐기에 강력한 무기가 된다는 거죠?"

노형진은 그걸 고연미에게 건넸다.

"공무원처럼 일도 안 하고 복지부동으로 굴고 있으니 제가 공무원으로 대해 준다고 했잖습니까?"

그걸 열어 본 고연미는 당황스러운 표정이 되었다.

"공무원이 제일 무서워하는 건 다름 아닌 상부죠, 후후후."

⚖

다시 시작된 재판.

검사와 판사의 태도는 지난 기일 때와 그다지 바뀌지 않았다.

"그러니까 피해자의 주장이 있지 않습니까? 피해자가 성추행을 당한 후에 고발을 한 겁니다, 피고인 측 변호인."

"고발은 저도 할 수 있습니다. 검찰과 경찰의 책임은 입증하는 거고요."

"피해자의 목소리가 증거입니다."

'그놈의 소리는 지겹지도 않나.'

노형진은 고개를 흔들었다.

제대로 일하기 싫으니까 저딴 소리나 하는 거다.

'뭐, 그렇게 나온다면 나도 공무원으로 대해 주지.'

노형진은 자리에서 일어나서 미리 준비한 서류를 꺼내 들었다.

"재판장님, 여기서 참고 자료 하나를 추가로 제출해도 되겠습니까?"

"추가 자료?"

"그렇습니다."

"음, 뭔데요?"

"검찰과 법원의 답변서입니다."

"검찰과 법원의 답변서?"

검사도, 판사도 고개를 갸웃했다.

재판이 진행되면 모든 법률적 과정은 재판부를 통해 하게 된다.

보통 사실 조회라고 하는데, 자신들에게 노형진이 사실 조회를 신청한 적이 없었다.

"그게 뭡니까?"

"현행법에 대한 해석에 대한 질의 답변서입니다. 공식적인 서류죠."

"공식적인 서류라……. 한번 봅시다."

"양측에 제출하도록 하겠습니다."

노형진은 그들에게 사본을 제출했다.

그걸 본 검사와 판사의 얼굴은 시커멓게 변했다.

노형진은 그들을 보면서 미소 지으며 천천히 서류를 읽었다.

"제가 법무부와 대검찰청에 질의한 내용은 다음과 같습니다. 첫째, 헌법 27조 4항의 무죄 추정의 원칙이 헌법이 개정되어 폐지되었습니까? 답변은 '아닙니다. 헌법은 개정되지 않았습니다.'입니다. 둘째, 형사소송법 307조 증거재판주의가 폐지되었습니까? 답변은 '아닙니다. 증거재판주의가 폐지되지 않았습니다.'입니다. 셋째는 '의심스러울 때는 피고인의 이익으로라는 형법상의 대원칙이 폐지되었습니까?'라는 질문이고, 답변은 '해당 대원칙은 폐지되지 않았습니다.'입니다. 그리고 넷째는 '형사소송법 325조의 무죄의 판결 조항이 폐지되었습니까?'라는 질의이며, 답변은 '아닙니다. 해당 조항은 폐지되지 않았습니다.'네요. 그리고 마지막은 '공식적으로 피해자 중심주의가 형법상 인정되었습니까?'라는 질문이며 답변은 '아닙니다. 공식적으로 인정되지 않았습니다.'입니다."

노형진은 거기까지 설명하고 잠깐 말을 멈췄다.

"이게 뭔지 다들 아시죠?"

무죄 추정의 원칙은 말 그대로 형이 확정되기 전까지는 무조건 무죄로 본다는 원칙이고, 헌법에서 보장하고 있는 사항이다.

　두 번째로 언급된 증거재판주의는 모든 재판은 증거를 기본으로 판단한다는 규칙으로, 증거가 없으면 설사 살인이라고 해도 처벌할 수 없다.

　세 번째 '의심스러울 때는 피고인의 이익으로'라는 규정은 현대 형법의 근간을 이루는 부분으로, 부정확한 것을 가지고 처벌을 하지 못한다는 뜻이며, 네 번째 무죄의 판결 조항은 범죄의 증명이 없을 때에는 무죄를 선고해야 한다는 의미다.

　다섯 번째 피해자 중심주의는 피해자가 기분이 나쁘거나 피해를 입었다고 인식하면 무조건 범죄가 성립한다는 식의 논리인데, 당연히 현행법상 인정되지 않는다.

　"이는 검찰청과 법무부의 공통된 답변 사항입니다."

　"크흠……."

　"으음……."

　"어떻게 생각하십니까?"

　노형진은 종이를 흔들며 물었다.

　'대답을 못 하겠지. 그렇겠지.'

　사실 현재 성범죄 재판 방식의 가장 큰 문제가 바로 이것들이다.

　재판에 들어가기 전에는 '유죄 추정의 원칙'을 기본으로 하며, 증거재판주의는 인정되지 않고 오로지 피해자의 진술만으로 판결한다.

의심스러운 것은 무조건 피고인에게 불리하게 판단하고, 죄를 인정할 만한 증거나 증인이 없음에도 불구하고 무죄로 판단하지 않고 무조건 유죄로 인정하며, 법보다는 일단 피해자가 기분 나쁘니까 처벌해야 한다는 식의 판결이 주를 이룬다.

"두 분은 이 공문을 어떻게 생각하시는지 답변 좀 해 주십시오."

노형진의 말에 아무런 말도 하지 못하는 판사와 검사.

'지금까지 그래 왔으니까.'

지금까지는 문제가 없었을 것이다.

판사는 일단 개인적 판단이 인정되고, 외부에서의 압력에 굴할 필요는 없다.

검사도 마찬가지.

공소 권한은 독점적으로 가지고 있으며 각자 알아서 판단하면 된다.

'하지만 이건 행정적 절차상의 문제지.'

판단상의 문제가 아니라 법에서 정한 최소한의 기준.

'과연 너희가 이걸 무시할 수 있을까?'

재판의 1심과 2심은 사실심, 3심은 법률심으로 구성된다.

1심과 2심은 사건 자체에 대해 판단하며, 3심에서는 이 법률에 해당되는지를 가지고 판단한다.

'그래서 대부분의 성추행 사건은 3심까지 가면 뒤집어지는 경우가 많지. 3심까지 가지 못해서 문제인 것뿐.'

뭐가 문제냐면, 합의를 하지 않으면 실형이 나오는데 그 기간이 짧다는 것이다.

형행법상 1년까지 내릴 수 있는데, 3심까지 가려면 1년 이상의 기간이 걸린다.

'2심에서 상고를 해도 결국 형기는 끝나 있고 실익이 없다고 기각되지.'

그래서 공식적으로는 3심까지 갈 수 있다고 해도 실제로는 법률심인 3심까지 갈 방법이 없다고 보는 것이 맞다.

'사실 3심까지 가도 판사나 검사에게는 아무런 피해도 없고.'

그저 위에서 자신의 판결이 뒤집어진 것뿐이다.

그게 아주 심각한 경우가 아니라면 대부분은 흔하게 있는 일인지라 판결을 내린 판사나 청구한 검사에게 아무런 불이익이 없고, 아이러니하게도 그러한 시스템 때문에 하급심은 법에서 정한 규정을 지키지 않는 황당한 결과가 나온다.

'하지만 순서를 뒤집는다면?'

명백하게 해당 행위가 업무상의 직권남용에 해당된다면, 그리고 그 사실을 명백하게 인식시킨 상태에서는 그들의 행동은 제한된다.

판결이 떨어진 이후에 직권남용의 가능성을 이야기해 봐야 의미가 없지만, 노형진은 정식 공문으로 검찰청과 법무부의 직권남용 기준을 두 사람에게 알려 줬으니 그들이 그 부분을 어기는 순간 직권남용이 성립되는 셈이다.

정식으로 내려온 공문을 그들이 무시한 것이니까.

그리고 그 순간 이쪽에서 그들을 고발할 수 있다.

'물론 그때까지 기다릴 생각도 없고.'

노형진은 속으로 미소 지었다.

"이걸 왜 우리한테 보여 주는 겁니까?"

판사는 짜증 난다는 듯 말했다.

그럴 수밖에 없다.

어차피 그들도 공무원이니까.

평소에는 자기 마음대로 판결할 수 있는 권한이 있다고 하지만, 그건 어디까지 법의 테두리 안에서다.

노형진이 이 서류를 제출함으로써 공식적으로 그들의 법의 테두리가 확정된 것이다.

아무리 날고뛰어도 법에서 정한 규정 바깥에서는 그들이 판단을 할 수가 없다.

'지금처럼 피해자의 목소리가 증거라는 개소리가 될 리가 없지.'

형사사건은 일반적인 생각과 다르게 가해자와 피해자의 싸움이 아니다.

가해자와 검찰의 싸움이다.

그렇기에 피해자의 목소리, 즉 고발 내용은 증언으로 취급

받는다.

"그리고 현행법상 증언만으로 처벌을 내리는 것은 불법이지요."

물론 아무것도 모르는 제삼자의 증언이라면 강력한 효과를 발휘한다.

"하지만 사건의 당사자인 피해자의 증언만 가지고 처벌을 내리는 것은 불법 아닙니까?"

노형진의 말에 검사는 버럭 소리를 질렀다.

"아니, 성추행은 사건의 특성상 피해자의 증언이 가장 확고한 증거입니다!"

"유일한 증거이기도 하지요, 입증할 수 없는. 그리고 그런 경우는 검찰이나 경찰이 수사를 통해 입증해야 합니다. 그러라고 있는 조직 아닌가요? 그냥 피해자의 증언 하나로 처벌이 진행될 거라면 검찰이랑 경찰은 왜 필요합니까? 그 증언만 가지고 처벌하겠다는 것 자체가 검찰의 업무상 배임을 인정하는 거 아닌가요? 그건 판사 측도 마찬가지이고요."

"아직 판결을 안 내렸습니다."

판사는 짜증스럽게 말했고, 검사는 시선을 휙 돌려 버렸다.

노형진의 말대로 증언만 가지고 처벌한 경우가 많으니까.

그리고 그건 엄밀하게 말하면, 노형진의 말대로 업무상 배임을 한 게 맞다.

사실 조사하지 않아도 처벌할 수 있는데 조사하는 검사는 없으니까.

"못 내리실 겁니다."

"뭐요?"

"제가 다른 질의서를 아직 안 드렸거든요."

노형진은 다른 질의서를 꺼내서 두 사람에게 건넸다.

"질의 내용은 다음과 같습니다. 만일 무죄 추정의 원칙과 증거재판주의를 무시하고, 불확실한 것을 피해자에게 유리하게 해석하며 증거가 없음에도 불구하고 피고인에게 무죄 대신에 유죄를 선고하고, 아무런 증거도 없이 법률에서 인정되지 않는 피해자 중심주의에 입각해서 판단하는 경우, 해당 규정은 어떻게 됩니까?"

"서…… 설마?"

"답변은 다음과 같습니다, '해당 경우 명백한 직권남용과 업무상 배임의 여지가 있습니다.'"

노형진의 말에 판사와 검사는 입을 쩍 벌렸다.

'그렇겠지.'

지금까지 그래 왔으니까.

남자들은 뭉쳐서 저항하지 않는다.

그에 반해 여성계는 뭉쳐서 저항한다.

혹시나 성범죄에 무죄를 때리면 여성계에서 공격이 들어올까 두려워, 대부분의 판검사들은 이런 식으로 판단해 왔다.

지금까지.

그리고…….

"그런 경우는 직권남용이 성립되지요."

"아니, 그건 관습상……."

자신도 모르게 변명을 하는 판사에게 노형진은 팩트 폭력을 시전했다.

"언제부터 대한민국 판사가 관습법으로 판단했습니까? 거기에다가 요즘은 관습법이 대한민국 헌법보다 더 위에 있나 보죠?"

노형진은 다른 종이를 그들에게 내밀었다.

"재판관과 검사의 기피 신청서입니다. 두 분을 직권남용 혐의로 고발했습니다. 당 사건뿐만 아니라 다른 사건에서도 오로지 피해자의 주장만으로 처벌을 내리신 전적이 있더군요."

당연하다.

그 경찰이 낚아 올린 사건을 이들이 처리해 왔으니까.

노형진은 그럴 거라 생각해서 그들의 과거의 사건을 조사한 것이고.

"두 분은 성범죄에 대해 직권남용 혐의가 적용된 만큼, 현재 이루어지고 있는 성추행 사건의 판단에 심각한 문제가 있다고 생각되어 기피 신청하겠습니다."

"너…… 너 이 새끼! 무슨 짓이야! 고발이라니!"

검사는 일어나면서 버럭 소리를 질렀다.

판사는 당황해서 말도 못 하고 있었고.

"왜? 고발하면 안 됩니까?"

"증거 있어! 어! 증거 있느냐고!"

"증거요? 아까만 해도 증거 필요 없으시다면서요?"

검사는 말문이 턱하니 막혔다.

"피해자 중심주의 모르십니까? 피해자가 마음에 안 들면 범죄입니다. 그리고 이 경우는, 지금까지 재판받은 많은 남성들이 피해자겠네요."

검사는 아무런 말도 하지 못하고 그 자리에 주저앉았다.

멍하니 앉아 있는 판사에게 노형진은 미소를 보내며 말했다.

"판사님, 폐정해 주시겠습니까?"

"으하하! 그 얼굴을 봤어야 하는데!"

김성식은 나중에 사건을 듣고는 웃음을 터트렸다.

"공문 한 방에 그렇게 되었단 말이지?"

"외부의 압력에 굴하지 말라는 게, 정부의 공식적인 규정을 지키지 말라는 법은 아니거든요."

지금까지야 사람들이 몰라서 그냥 넘어갔다지만 그들은 공무원이다.

정부의 공식적인 처리 지침이 있는데 그걸 무시할 수는 없다.

"그렇지. 지금까지 판사들이 비공식적으로 해 오던 것이기는 하지만, 사실 비공식은 비공식일 뿐이지. 공식적인 규정을 들이밀면 지키지 않을 수가 없지."

일단 2심으로 넘어가면 규정을 안 지켰으니 판결이 뒤집어지는 것은 당연하다.

더군다나 눈앞에 공식 규정이 들이밀렸는 데다, 안 지킨다는 것은 명백하게 권력 남용이다.

"오해가 있었다, 또는 법리 해석의 문제다 정도로는 변명할 수가 없는 사항이죠."

"맞아. 웃기게도 판사들이 법은 더 안 지킨단 말이지?"

하지만 그렇다고 해도 처리 규정이 눈앞에 있으면, 그것도 처벌을 기반으로 하는 규정이 있으면 그들이라고 해도 방법이 없다.

"결국 그래서 무죄가 나왔군."

"네, 나중에 피해 여성도 이해해 주셨습니다. 사실 자기도 미심쩍었다고는 하시더군요. 그런데 경찰이 무조건 성추행이라고 몰아붙여서 인정했다고."

"대부분의 사람들은 경찰이 그렇게 윽박지르면 겁을 먹고 고개를 끄덕거릴 수밖에 없지."

김성식은 고개를 끄덕거렸다. 안 그래도 그도 그런 경찰이 많다는 소리를 들은 적이 있었다.

"일단 하나는 해결했군. 이 판례는 나중에 교육용으로 적당하겠어."

"실적 노리고 증거 조작하는 사람들이 어디 한두 명이겠습니까?"

오죽하면 노형진이 그런 경찰이 있다는 것을 알고 있겠는가?

"그렇지만 이번 한 건으로 해결될까요? 사실 팔이 안으로 굽는 건 유명하잖아요."

직권남용과 업무상 배임으로 고발하기는 했지만, 끼리끼리 뭉치는 판사와 검사의 특성상 그들이 그걸로 처벌받을 가능성은 거의 없다고 봐도 무방하다.

"압니다. 이번 사건은 그렇겠지요. 하지만 다시는 증언만 가지고 판단하는 짓은 못 할 겁니다."

"왜요?"

"자존심 때문이지요."

자신들의 고발이 그들의 자존심에 상처를 입혔다.

판사가 다른 판사 앞에 피고인으로 선다는 것.

검사가 다른 검사에게 고발당한다는 것.

그건 그들의 자존심을 엄청나게 자극하는 일이다.

"우리는 그들이 같은 식으로 판단하면 또다시 직권남용으로 고발할 테고, 그때마다 그들은 조사 대상이 될 겁니다. 처벌 자체는 받지 않을 테지만, 세상 사람들 위에 군림한다고 생각하는 그들에게는 엄청나게 자존심 상하는 일이죠."

"하긴, 그렇겠네요."

"그리고 그런 고발이 많아질수록 그들의 인사고과는 떨어집니다. 팔이 안으로 굽어서 처벌을 안 한다는 거지, 그들이 올바르기 때문에 처벌을 안 하는 게 아니거든요."

"아하!"

결국 그 기록은 남고 상부는 그들에 대해 좋게 생각할 수가 없다.

새론은 이런 사건에서 매번 같은 질의를 할 테고 법이 바뀌지 않는 이상 매번 같은 답변이 나올 텐데, 그 말은 그 판사와 검사가 매번 상부의 공식적 입장을 개무시한다는 걸 뜻하니까.

"결국 그 자리를 오래 지키지는 못하겠네요."

"사실심이라고 하지만 결국 법률에서 정한 규정 내에서 할 수밖에 없습니다. 그리고 만에 하나 지기라도 하면 그때는 일이 커지죠."

업무상 배임과 직권남용으로 지는 경우 억울한 피해자들의 재판은 재심을 신청할 수 있게 되며, 그게 못해도 수십 건에서 수백 건은 될 것이다.

또한 그 피해자들은 그들에게 손해배상을 청구할 수 있는 자격이 된다.

그런 경우 공무에 의한 손해이기 때문에 국가에도 배상을 요구할 수 있는데, 정부 입장에서는 수억씩 그런 식으로 배상금이 나가면 달갑지 않을 수밖에 없다.

"그들로서는 손해 볼 수밖에 없는 상황이죠."

그들이 법을 어기는 이유는 여성계에서 욕먹기 싫다는 이유 하나 때문이다.

하지만 욕먹기 싫다는 개인적 감정이, 자신에게 다가오는 현실적, 금전적 피해를 이길 수 있는 수준은 되지 못한다.

"맞아. 하하, 벌써 그쪽 판사들이 노 변호사 자네를 아주 씹어 먹을 것처럼 성토하고 있더군."

"그래요? 다행이네요. 이쪽 업계에서는 포상이거든요."

노형진은 키득거리며 웃었고, 그런 노형진의 어깨를 김성식은 강하게 두들겼다.

"이번에는 수고했네."

"별말씀을요."

"하지만 또 한번 수고해 줘야겠어."

"네?"

안 그래도 힘든 사건 하나를 끝냈는데 또 다른 사건이라는 말에 노형진은 고개를 갸웃했다. 자신에게 사건이 몰려드는 거야 다 알고 있는 사실인데 따로 언급하다니?

"대룡에서 도움을 요청했네."

"아."

노형진은 고개를 끄덕거렸다.

대룡과 대동의 싸움.

"때가 되기는 했지요."

때가 되기는 했다.

그리고 그 '때'는, 싸울 때였다.

잡아먹기 위해서는 키워야 한다

 "대동이 움직이고 있네. 그래서 내가 조용히 자네를 청한
거고."

　유민택은 차분하게 말했다.

　"어디로요? 요 근래 조용하지 않았습니까?"

　"그건 몰라. 하지만 막대한 자금이 한국으로 들어오고 있어."

　노형진은 걱정스러운 얼굴로 탁자를 두들겼다.

　대동. 그들은 절대 섣불리 움직이는 자들이 아니다.

　과거에 싸웠던 성화 같은 경우는 벌써 무슨 짓을 하고도
남았을 시간이 지났는데, 대동은 조용히 물밑에서 움직이고
있었다.

　"그들의 성향을 보면 돈이 움직인다는 것은, 계획은 이미

완성되었고 본격적으로 구동된다는 뜻인데요?”

“그래, 하지만 그 자금이 어디로 흘러가는지 알 수가 없어.”

“기업을 구입하거나 하는 건 아니고요?”

“그 정도 자금은 아니야.”

고개를 흔드는 유민택.

“하지만 절대 적은 돈도 아니지. 지금까지 200억 정도 움직였으니까.”

“200억이라……. 그 정도로 우리한테 타격을 줄 수 있는 곳이 있나요?”

“없지.”

200억.

절대 적은 돈은 아니지만, 절대 많은 돈도 아니다.

기업을 인수하거나 주식시장에서 장난을 쳐서 이쪽에 타격을 줄 정도의 금액은 아니지만, 그렇다고 무시할 수는 없다.

“다른 라인을 통해 들어오는 건요?”

“우리가 아는 한 없네. 그리고 기업을 구입하거나 할 돈이라면 합법적으로 당당하게 가지고 들어오겠지.”

“네? 그러면 그 200억이라는 돈은……?”

“조용히 비선으로 들어오는 돈이야.”

노형진은 눈을 찌푸렸다.

비선으로 들어오는 돈.

그 말은 비밀리에 움직이는 돈이라는 건데…….

"정치인들에게 뇌물을 주려는 걸까요?"

"그럴 수도 있지만 한꺼번에 200억은 너무 많지 않나?"

"여러 명이라고 생각해 보면 그다지 많지는 않은데요."

"뇌물을 주는 게 그렇게 쉬운 일이 아니야."

동시에 모든 정치인에게 뇌물을 주는 것은 좋은 생각이 아니다.

그러면 소문이 날 수밖에 없으니까.

"단순히 소문이라면 정치인들이 충분히 덮어 줄 건데요."

"그게 아니라 정치인의 자존심 문제 때문이야."

"정치인의 자존심?"

"3선 의원과 1선 의원이 같은 돈을 받을 수는 없으니까."

"아하, 무슨 뜻인지 알겠습니다."

한꺼번에 너무 많은 뇌물을 뿌리면 소문이 안 날 수가 없다.

수사야 막을 수 있겠지만, 3선과 1선에게 비슷한 돈을 주면 당연히 발끈한다.

그렇다고 3선만 준다?

그러기에는 돈이 너무 많다.

"그냥 비상 자금으로 쥐고 있으려고 그러는 거 아닐까요?"

"그런 것치고는 너무 다급하게 들어왔단 말이지. 비상 자금이라면 걸리지 않게 들고 오는 게 더 나을 텐데."

"그건 그러네요."

대동의 힘이면 하루에 몇억 정도는 걸리지 않고 반입할 수 있다.

그런데 한 번에 200억을 들여왔다는 것은, 단순한 비자금은 아니라는 거다.

"뭔지 모르지만 뒤통수가 근질근질해. 수십 년간 사업을 해 오면서 겪은 바에 의하면 무슨 일이 터지기 전에 꼭 이런 느낌이 있었지."

"흠……."

노형진은 턱을 문지르면서 생각에 빠졌다.

'과연 무슨 일이 벌어질까?'

알 수가 없다.

역사는 이미 비틀렸다.

원래 역사에서 지금 대룡은 존재하지 않았고, 대동은 정부의 전폭적인 지원 아래에서 한국의 기업들을 사냥하면서 빠르게 성장했다.

하지만 지금은 대동이 대룡과 싸우고 있는 상황인 데다가, 대통령마저도 그때의 대통령이 아니다.

'거기에다 접근 방식도 다르지.'

회귀 전에 대동은 비선 실세를 통해 사실상 대통령과 정부를 좌지우지했다.

하지만 이번 대통령은 비록 프락치 출신이라고 하지만 그렇게 멍청한 사람이 아니다.

애초에 멍청한 녀석은 스파이 노릇을 하지도 못한다.

"뭔지 모르지만 일단은 경계를 해야겠군."

"저도 동감입니다."

"그런 의미에서 우리도 역습을 해야 하는데…… 자네는 어떻게 생각하나?"

"역습이라……."

"자네가 해 준 일이 많은 건 아네. 하지만 본진에서 뭔가 해 볼 만한 게 없어."

노형진이 일본의 많은 AV 배우를 데리고 와서 야쿠자들과 이쪽이 선을 만든 것은 사실이다.

하지만 그건 어디까지나 일본이라는 곳에 교두보를 만든 것뿐이지, 그 이상의 의미는 없다.

"대동에 직접적인 타격을 주고 싶네."

"일본에서 말인가요?"

"그래."

"하지만 그건 힘들 겁니다."

다른 곳도 아니고 대동이다.

똥개도 자기 동네에서는 반은 먹고 들어간다고 한다.

세계적으로 보면 대룡보다 압도적인 규모를 가진 대동이 대룡을 꺾지 못하는 가장 큰 이유 역시, 한국이 대룡의 구역이기 때문이다.

"그래서 자네를 부른 거야. 저들에게 타격을 줄 수 있는 방법이 없을까 하고 말이야."

"타격을 줄 수 있는 방법이라……."

노형진은 머리를 긁적거렸다.

생각나는 바가 없었으니까.

'일본에서 사업을 시작할 수도 없는 노릇이고.'

물론 대룡이 할 수도 있다.

하지만 완전경쟁의 구조가 아니라 서로 나눠 먹기가 심한 일본에서 사업을 해서 성공하는 것은 무척이나 힘들다.

더군다나 일본의 정부는 철저하게 대동의 편을 들어 줄 수밖에 없다.

"그래서 내가 방법을 하나 생각해 냈네."

"방법요?"

"그래. 원래 전쟁을 할 때 가장 먼저 하는 게 안쪽부터 흔드는 것 아닌가?"

"그건 그렇지요."

"대동에 있는 후계자 중 하나를 포섭하는 게 어떨까 싶네만."

"네? 후계자요?"

"그래, 내분을 일으키자는 거지. 많은 기업들이 그렇게 찢어지지 않나."

쉽게 말해서 내전을 일으키자는 거다.

'내전이라……. 그러고 보니 대동에서 내전이 벌어지기는 했던 것 같은데.'

다만 그때는 미국에 있을 때였고 자신과 관련이 있는 일이 아니어서 그다지 신경을 쓰지 않았다.

내용도 아주 개판이었다.

'아들이 아버지에게 반기를 들어 일어난 내전이었지, 아마? 완전히 잊고 있었다.'

사실상 그때는 한국과 연 끊고 지낼 때였으니까.

"그래서 저를 부른 거군요."

"그래, 내전을 유발하기 위해서는 지원이 필요하니까."

노형진의 다른 모습, 미다스.

"우리가 도와줄 수는 없지 않나?"

상대방이 누구인지 모르지만 대룡이 도와준다고 해서 '아이고, 감사합니다.' 하고 넙죽 도움을 받을 리는 없다.

분명히 대동의 핏줄일 테니까.

도리어 함정을 팔 수도 있고.

"하지만 저나 마이스터라면 이야기가 달라지죠."

그들은 명백한 투자자들이다.

그것도 세계적인.

그들이 도와준다고 하면 분명히 넘어올 것이다.

"생각하신 사람이 있습니까?"

"신동성을 생각하고 있네."

"신동성요?"

"그래, 차남이지."

현재 한국을 공략하고 있는 신동우는 장남으로, 차차 대동을 물려받을 것을 생각되고 있는 사람이다.

그리고 신동성은 차남으로, 그의 능력 역시 뛰어나다.

그는 아버지의 묵인하에 세력을 늘리면서 호시탐탐 신동우의 자리를 노리고 있다.

'그러고 보니…… 그렇군. 맞아. 그래서 반란이 일어났지.'

신동성이 결국 들고일어나는 데 성공했다.

신동우가 한국 공략에 집중하는 사이에 신동성은 일본에서 자신의 세력을 키웠고, 결정적인 순간에 들고일어나서 형인 신동우와 아버지에게 칼을 꽂았다.

'아버지에게 칼을 꽂은 건 의외였지만.'

그들의 아버지 신강수가 그를 놔둔 것은, 강한 자가 그룹을 이어받기를 원했기 때문이다.

그건 대부분의 재벌가의 생각과 비슷하다.

하지만 신동성은 생각이 좀 달랐다.

아버지가 자신은 그냥 모른 척해 놓고 형인 신동우만 밀어줬다는 것에 대해서 심하게 질투를 했다.

장자가 기업을 물려받는다는 생각에 알게 모르게 신강수가 신동우 편을 들어 준 것도 사실이고, 자기 딴에는 자극을 준다고 한 모양이었지만…….

'그리고 쿠데타가 성공했지.'

순식간에 아버지 신강수와 형 신동우를 몰아내고 그룹의 전권을 빼앗는 데 성공했다.

그제야 아차 한 두 사람은 저항하려 했지만 이미 패는 넘어간 상태였고.

"왜 그러나?"

"아닙니다. 생각할 게 좀 있어서요."

노형진은 그렇게 말하면서 곰곰이 생각을 했다.

대동의 쿠데타 사건에 대한 그의 기억은 거기까지였다.

워낙 큰 사건이어서 미국 뉴스에도 나왔기 때문이다.

'시기로 보면 분명 준비를 하고 있을 거야. 어쩌면 거의 끝났을지도 모르지. 얼마 안 남았으니까. 한데 그런 사람을 도와준다?'

노형진은 고개를 흔들었다.

신동성은 능력이 있고 욕심도 있는 자다.

짜증 나는 일이지만, 신씨 일가는 분명 능력이 있는 자들이다.

욕심만 많고 능력은 부족했던 성화의 김씨 일가와는 확연히 다르다.

'당연하다면 당연한 건가?'

아무리 그들이 친일파라고 하지만 그들이 사업을 한 곳은 다름 아닌 일본이다.

한국인에 대한 극도의 혐오감을 가지고 있는 그곳에서 성공한 사람들이 무능하다면 그게 더 말이 안 된다.

그중에서도 신동우와 신동성은 능력이 있기로 유명했고.

"신동우와 신동성이라……."

노형진은 생각을 하다가 고개를 흔들었다.

그건 좋은 방법이 아니다.

'내전이야 일어나지만.'

이미 신동성은 상당한 준비를 해 놨을 가능성이 높다.

아니, 그랬을 수밖에 없다.

그렇다면 대룡이 도와줘서 승리해 봐야, 고맙게 생각할 인간이 아니다.

또한 대룡과의 싸움을 멈출 인간도 아니고.

"좋은 생각은 아닙니다."

"어째서?"

"상대방은 신동성입니다. 제가 가진 정보에 따르면 그는 능력이 있지요."

"그건 알고 있네. 그래서 밀어주려는 거고."

"그가 자리를 잡으면 아마 다시 한국에 칼을 겨눌 겁니다. 당연히 그 안에는 대룡도 들어갈 테고요. 설마 그가 고마워하면서 한국에서 손을 뗄 거라 생각하시는 건 아닐 테죠?"

"그건 그렇지."

노형진의 말에 유민택은 눈을 찌푸렸다.

애초에 신동성을 고른 이유는 그가 유능해서다.

사실 능력만 보면 신동우보다 더 능력이 있는 자가 신동성이다.

"그래서 우리는 신동우를 도와야 합니다."

"그게 가능할 리가 없지 않은가?"

가능할 리가 없다.

당장 자신들과의 전쟁에서 전면에 있는 자가 바로 신동우다.

"그가 우리와 갑자기 손잡을 리가 없네. 설사 손잡는다고 해도, 나중에 맞잡은 손을 잘라 낼 건 뻔한 일이고."

"그건 신동성도 마찬가지이지요. 그가 가진 세력이 작지 않을 테니까. 자기 세력이 충분한 자가, 과연 외부에서 도와 줬다고 고마워할까요?"

"끄응⋯⋯."

유민택은 신음을 흘렸다.

노형진의 말이 맞으니까.

"하지만 대안이 없지 않나? 정말로 신동우와 손잡을 수는 없어."

"생각을 바꾸면 됩니다. 내전의 목적을 확실하게 상기하 시면 됩니다."

"내전의 목적을 상기하라고?"

"네. 내전을 일으킬 때 우리에게 가장 좋은 건 뭘까요? 이 기는 편에 붙는 거?"

"그건 아니지."

어차피 누가 이기든 대룡과 대동이 같은 길을 갈 수는 없다.

내전이 끝나는 즉시 손절 하고 바로 투쟁에 들어갈 것이다.

"그렇다면 우리 입장에서는 어떤 이득을 챙겨야 할까요? 우리에게 이득이 뭘까요? 애초에 대표님의 계획은 뭐였나요?"

"뭐겠나? 내전을 일으켜서 피해를 주려는 거지."

사실 전략적으로 노리고 있는 나라를 흔들어서 내전을 일으키려고 하는 시도는 흔하게 벌어졌다.

자기들 살을 깎아먹으면 외부에 저항하기도 힘드니까.

"그러니까 저는 신동하를 밀어줘야 한다고 생각합니다."

"신동하? 막내?"

"네, 지금 26세인가 그렇죠?"

느지막하게 태어난 막내다.

신동우와 신동성이 30대 초반인 것에 데 반해 그는 이제야 스물여섯 살.

그럴 수밖에 없는 게 그는 엄마가 다르다.

신동우와 신동성은 같은 어머니를 두고 있지만 그들의 엄마는 젊은 나이에 요절했다.

그리고 신강수는 그 당시에 잘나가던 젊은, 아니 어린 여자와 재혼했다.

그 당시 일본의 아이돌이었던 여자였다.

그리고 그녀가 낳은 아들이 바로 신동하.

"그는 아무런 세력도 없죠."

신동우와 신동성의 엄마 쪽도 어마어마한 재력을 가진 친일파 세력이었던 데 반해 신동하의 어머니는 그저 어느 정도 잘나가던 아이돌일 뿐이었다.

거기에다 그 여자도 좋아서 한 게 아니다.

그저 그런 집안 출신으로, 야쿠자가 결혼하라고 하니 할 수밖에 없었던 거다.

지금도 그렇지만 그 당시 야쿠자는 더 극렬해서, 거절하면 진짜 콘크리트 신발 신고 바다로 실종되는 일이 흔했으니까.

"그는 아무것도 없네. 진짜 아무것도 없어. 아예 내놓은 자식이야."

노형진은 씩 웃었다.

"그렇기에 우리가 그를 밀어줘야 한다고 생각합니다."

"어째서?"

"그가 조커가 될 테니까요."

"조커?"

"네, 제 정보에 따르면 신동우와 신동성의 내전은 조만간 벌어집니다. 그걸 아시니까 그런 작전을 준비하셨을 테고요."

"그렇지."

"하지만 누가 어떤 상황인지는 모릅니다."

물론 노형진은 대충은 예상한다.

이긴 건 신동성이니까.

"그렇지만 신동하를 도와준다고 해도, 그가 성장하는 데에는 한계가 있네. 그 안에 자기편도 없거니와 나이도 어려서."

"나이가 어린 게 문제가 되지는 않습니다. 그라고 해서 욕심이 없는 건 아닐 테니까. 사실 그는 자기 처지를 걱정하고 있을 겁니다."

"어째서?"

"신동우와 신동성이 자기를 싫어하니까요."

"으음……."

그들은 새엄마가 생모를 쫓아냈다고 생각했기 때문에 신동하를 용서할 수가 없었다.

만일 아버지인 신강수에게 무슨 일이 터지면 신동하와 그 어머니는 어떻게 될까?

"땡전 한 푼 못 받고 쫓겨나겠군."

결과를 예측하는 것은 어렵지 않은 일이었다.

그런 경우는 흔하니까.

오죽하면 어떤 기업의 총수 가족 중 일부가 굶어 죽은 일도 있다.

무려 현 회장의 사촌 동생이 말이다.

일반인이 생각하기에는 그래도 피붙이이니 회장이 호구지책이라도 만들어 줄 것 같지만, 돈의 세계는 비정하다.

현 회장은 후계 전쟁에서 그 사촌의 아버지, 그러니까 자기 삼촌을 밀어내는 데 성공했다.

그리고 그 후에 혹시 재기라도 할까 두려워 평생을 그 집안이 망하도록 괴롭혔다.

그게 재벌의 숨겨진 얼굴이다.

"그를 설득하는 것은 어렵지 않을 겁니다."

"하지만 여전히 그의 세력에 한계가 있을 거라는 문제가 있네. 성장한다고 해도 말이지."

"상관없지요. 우리의 목표는 내전이 오래도록 지속되도록 하는 겁니다."

"내전을 길게 끈다?"

"그렇습니다. 그리고 신동하는 그 카드고요."

신동하를 자신들이 키운다고 해도, 결국 그가 이룩할 수 있는 세력에는 한계가 있다.

그리고 그는 단독적으로 본다면 세력이 약하다.

"하지만 다른 세력과 함께라면 이야기가 달라지죠."

"아아."

만일 신동우가 세력이 약하다면 신동우와 함께, 신동성이 세력이 약하다면 신동성과 함께 싸우면 된다.

그 뒤에 마이스터가 있다는 걸 알고 있는 그 둘은 신동하를 거절할 수 없을 테고, 세력이 비슷할수록 싸움은 길어지고 처절해진다.

"우리는 뒤에서 자금을 지원하는 쪽이니 그걸 적절하게 조절할 수 있을 겁니다."

그들이 싸우고 싸워서 지쳐 버리면 유리해지는 것은 이쪽이다.

"최악의 경우라고 할지라도 대동의 세력은 엄청나게 깎일 겁니다."

만일 반대파가 승리한다고 해도, 내전이 끝난 대동은 걸레 짝이 될 것이 뻔하다.

신동하 측이 승리한다면 승자와 2차전을 치를 수도 있다.

운이 좋다면 대동은 세 개로 갈가리 찢겨 나갈 수도 있다.

"천하삼분지계인가?"

"여기서는 대동삼분지계가 맞는 말이겠네요, 후후후."

"음…… 좋은 방법이기는 한데. 문제는, 그걸 어떻게 한단 말인가? 자네, 신동하가 지금 뭐 하는지는 아나?"

"모릅니다."

알 리가 없다.

노형진이 아는 거라고는 신동우, 신동성, 신동하 이들이 형제라는 것뿐이다.

"딴따라 따라다닌다네."

"딴따라를 따라다녀요?"

"아, 딴따라는 우리 세대 표현이고 요즘 표현으로 하면, 그래, 아이돌. 아이돌을 따라다니네."

"아이……돌요? 백수인가요?"

생각지도 못한 말이 튀어나와 버렸다.

아이돌이라니?

"아니, 매니저야. 로드 매니저. 그래서 내가 일찌감치 포기한 거고. 그래, 자네도 그런 표정을 지을 때가 있군. 나도 그랬지."

아무리 그래도 재벌 3세니까 호구지책으로 무슨 작은 기업이라도 하나 물려받아서 운영하고 있을 줄 알았다.

진짜 대동의 입장에서는 말 그대로 작은 공장이 호구지책이니까.

그런데 로드 매니저라니?

"자네, 고작 매니저를 키울 자신 있나?"

"어…… 음……."

노형진은 왠지 머리가 지끈거리는 느낌이었다.

⚖

신동하, 나이 26세.

지방대학인 요칸대학을 나와서 현재는 일본의 연예 기획사에서 로드 매니저로 일하는 중.

"답이 없네."

이야기를 들은 노형진의 첫 소감이었다.

그러자 옆에 있던 남자는 말없이 고개를 끄덕거렸다.

그는 일본에서 신동하의 뒷조사를 했던 사람이었다.

"저희도 그랬습니다. 하다못해 한국의 3대 기획사쯤 되면 돈을 퍼부어서라도 키우겠는데 말이죠."

허름한 건물에 붙어 있는 '미카즈키 프로덕션'이라는 간판.

흔해 빠진, 특색도 없는 이름이다.

한국으로 번역하면 초승달 프로덕션.

전형적인 삼류 연예 기획사다.

"한국으로 치면 우리 연예 기획사 협동조합에 들어올 수 있는 최하의 기준을 겨우 맞춘 수준입니다."

"끄응……."

"연습생은 없고, 하이레스라는 아이돌 그룹이 있습니다. 멤버는 네 명인데, 일단 공중파 기록은 없고…… 아, 뭐더라? 그 지방 공연장을 전전하는 애들입니다. 그걸 뭐라고 하더라……."

"지하 아이돌요."

"아, 맞습니다. 지하 아이돌 활동하는 애들입니다."

지하 아이돌.

일본 특유의 아이돌 문화로, 특정 지역에서 활동하는 아이돌이다.

궁극적으로는 전국구 아이돌이 되는 것이 목적인.

'한국으로 치면 일단 인디 아이돌인데……. 아니, 인디 아이돌이라는 게 존재하기는 하나?'

아이돌은 대부분 기업에서 훈련되어 나오니 인디 아이돌이라고 표현하기도 애매하다.

하여간 표현하자면 인디 계열이다.

"꼬라지를 보아하니 전용 공연장 같은 건 없는 것 같고."

"그런 규모가 아닙니다. 말 그대로 동네 아이돌입니다."

노형진은 깊은 한숨을 쉬었다.

"그 외에 신동하에 관한 건…… 보고서 그대로인가요?"

"네, 결론은 가치 없음이지요. 보셔서 알겠지만."

신동하의 엄마는 사실상 이혼당했다.

그런데 왜 사실상이냐?

집 바깥으로 쫓겨나서 따로 살고 있기 때문이다.

대신에 신강수는 젊은 여자를 집으로 들였다.

다만 공식적으로는 이혼하지 않았다.

그러니 사실상 이혼인 셈이다.

"대동에서도 버린 자식 취급이고요. 회사 내에 기반도 없습니다."

"끄응……."

원래 계획은 신동하의 회사 실적을 늘려 주는 방법을 찾아서 그가 천천히 세력을 확장하게 하는 거였다.

그런데 실적을 늘려 줄 방법을 찾기는커녕, 월급은 제대로 받고 있는지도 걱정될 지경이다.

"노 변호사님, 이야기는 들었습니다만, 이건 답이 없습니다. 얼마 전에도 흠씬 두들겨 맞고 왔습니다."

"에? 누구한테요?"

"그건 모르지만……. 아니, 사실 답은 정해져 있습니다만."

얼마 전 본가에 갔다 온 신동하.

그런데 얼굴에 멍이 들어 있었단다.

아무리 내놓은 자식이라지만 신강수가 그를 때릴 이유는 없다.

그리고 신동우는 현재 한국에서 한국 공략에 힘쓰고 있다.

또한 아무리 내놓은 자식이라고 하지만, 그래도 회장 일가를 거기서 일하는 사람들이 때릴 수는 없다.

그러면 남은 건 신동성.

'그래, 상당히 공격적이라고 들었어.'

그러니 형이고 아버지고 신경 안 쓰고 칼을 꽂아 버렸을 것이다.

"어쩔까요? 다른 방법을 찾아야 합니다만."

물론 그러면 좋다.

하지만 실질적으로 내부에 타격을 일으키는 가장 좋은 방법은 내전이고, 그걸 일으킬 수 있는 사람은 다름 아닌 후계자다.

주식 구조상 내부의 임직원 같은 자가 반란을 일으키는 것은 불가능에 가까우며, 상부에 목숨을 걸고 충성하는 일본인들의 특성을 생각하면 내부에서 임직원이 들고일어날 가능성은 제로다.

"일단은 들어가 봅시다."

"네? 들어가 보자고요?"

"네, 들어가 봅시다."

"하지만 사전에 약속이 안 되어 있는데요? 제대로 이야기를 하려면 약속을 잡아야 합니다. 그리고 들어간다고 해도, 신동하와 이야기할 일이 있을까요?"

"일단은 약속을 잡아 주세요. 들어가 봅시다. 뭐, 그가 있다고 해도 별 도움은 안 될 것 같으니까."

사실 신동하에 대한 조사는 다 끝난 상태다.

아마 어떤 면에서는 신동하 본인보다 더 잘 알 것이다.

무엇보다 노형진이 알고 싶은 것은 신동하가 아니었다.

"여기를 이용해 먹을 수 있을는지가 궁금한 겁니다. 만일 아니라면 빼내야지요."

노형진은 허름한 건물을 바라보면서 한숨을 푹 쉬었다.

⚖

"반갑습니다. 노형진입니다."

"안녕하십니까. 토스케라고 합니다."

사장은 잔뜩 기대하는 모습으로 고개를 푹 숙여 인사했다.

그럴 수밖에 없다.

공식적으로 이곳에 온 이유는 투자 목적이니까.

'신동하를 만나러 왔다고는 할 수가 없지.'

그래서 노형진은 자신을 한국의 대룡엔터테인먼트 고문 변호사로 소개하며, 일본 진출을 대비해서 투자할 곳을 알아

보고 있다고 했다.

'뭐, 틀린 말도 아니고.'

실제로 대룡엔터테인먼트는 AV 출신 일본 배우들을 여럿 데리고 있고, 한국에서도 규모가 큰 곳으로 유명한 데다가 일본과 선이 있는 것도 사실이다.

그러니 별로 이상할 것도 없다.

"커피라도 한 잔……?"

"아니요. 괜찮습니다."

노형진은 기대에 찬 그의 시선을 피하면서 사무실 안을 둘러보았다.

'후줄근하고 아무것도 없고……. 진짜 작은 공간이네.'

용케 유지가 된다는 생각에 노형진은 입맛을 다셨다.

'직원이라고 해 봐야 저기 여직원이 한 명이라…….'

그나마 공식적으로 신동하가 로드 매니저이니까 그가 끝일 가능성이 높다.

'왜 이런 곳을……. 아니, 당연한 건가?'

어지간한 곳은 신씨 일가의 입김이 들어가니 그를 써 주지 않을 테고, 그렇지 않은 곳은 그가 한국 이름을 가진 한국인 이기 때문이 써 주지 않을 가능성이 높다.

더군다나 딱히 능력이 뛰어난 것도 아니니까.

'이런 곳은 입김이 들어갈 정도로 큰 곳도 아니고 사람이 급하니 한국인이라도 써 주겠지.'

노형진은 그렇게 생각하면서 애써 미소 지었다.

'일단 재정 상태는 답이 없고.'

온갖 좋은 말과 비전을 이야기하고 있지만 이미 이곳의 상태는 알고 왔다.

재정은 개판이고 체계적이지도 않으며 돈도 없다.

좀 독하게 말하면, 당장 야쿠자가 들어와서 사장 장기를 털어 가도 이상하지 않은 게 이곳의 사정이다.

그러니 저렇게 잔뜩 기대를 하고 있는 거고.

"그러므로 저희 프로덕션은……."

"그런데 직원 한 명은 어디 있습니까?"

"아, 매니저랑 아이들이랑 있습니다."

"그럼 일하는 사람을 보죠."

"네?"

"일하는 사람을 보여 달라고요."

노형진의 말에 사장은 다시 물었다.

"우리 애들을 보자는 말씀이신가요?"

"아니요. 일하는 사람을요."

"당장 불러오겠습니다."

"아니요. 우리가 그쪽으로 가죠."

"네?"

"꾸민 모습이 아니라 제대로 된 모습을 보고 싶습니다. 제 지론은 직원이 행복해야 회사가 잘된다는 거거든요. 직원이

죽상인데 회사가 잘될 리가 없죠. 여기로 불러오면 그대로
얼어붙을 텐데요."

"아…… 네……."

"그래서 어디 있습니까?"

"좀 떨어진 숙소에……."

우물쭈물하는 사장.

노형진은 자리를 털고 일어났다.

시간을 끌어 봐야 어차피 여기는 답이 없다.

"갑시다, 숙소로."

⚖️

숙소는 좀 떨어져 있었다.

'일단 벽이 있으니 숙소라고 해야 하나?'

일본 만화에서 많이 나오는 오래된 빌라.

그것도 아주 작은 빌라다.

그 안에 당혹스러운 표정의 다섯 명이 있었다.

여자애들 네 명이 그 아이돌일 것이다.

'하이레스라고 했나? 외모는 괜찮아. 근데 진짜 이건 너무
하잖아. 뭔 놈의 음반 판매가 이따위야?'

음반이 있긴 했다.

하지만 일반 매장에서 파는 게 아니라 자기들 공연이 끝나

고 나서 조금씩 파는 것이었다.

그 판매량은 실로 처참했다.

댄스 트레이닝? 보컬 트레이닝? 외국어 교육?

그냥 개소리다. 그들의 현실은 바닥에 놓여 있는 도시락 두 개가 적나라하게 보여 주고 있었다.

'도시락은 두 개인데 젓가락은 다섯 개라…….'

소속사에서 식단 조절을 소금이 잔뜩 들어간 편의점 도시락으로 할 리는 없으니, 답은 하나뿐이다.

돈이 없으니 두 개 사다가 다섯 명이 나눠 먹는 거다.

'끄응.'

노형진은 입술을 깨물었다.

사실 여기를 써먹을까 아니면 빼낼까 고민을 많이 했다.

'지금이라도 여기서 빼내?'

하지만 결국은 여기를 써먹을 수 있으면 써먹기로 했다.

일단 빼낸다고 해도 그의 능력은 검증이 안 되어 있다.

결국 이름만 팔아먹어야 하는데, 과연 '내가 당신 이름을 팔아먹겠습니다.'라며 접근하면 허락해 줄까?

안 그래도 다른 형제들에게 잔뜩 겁먹고 있는 사람이?

'결국 그 그림자에서 벗어나기 위해서는 그가 어느 정도 자리를 확보해야 한다는 거지.'

사람이 성장하면 야망이 생기는 법이다.

당장 도시락 두 개를 다섯 명이 나눠 먹는 상황인 사람에게 야망을 가지라고 하는 것만큼 개소리가 있겠는가?

아마 저들의 최고의 꿈은 한 명당 도시락 한 개씩 먹는 걸 거다.

"미안합니다. 못 보일 꼴을……."

도시락과 젓가락을 보고 사장인 토스케는 허둥거렸다.

그도 바보가 아니니 상황을 바로 눈치챈 것이다.

'그래. 써먹자.'

허둥거리는 토스케를 보면서 노형진은 마음을 굳혔다.

어차피 여기서 나가 봐야 뭘 하든 방법이 없다.

도리어 지금 상황에서 그가 작은 기업에 들어가기라도 한다면 그곳으로 신동성의 공격이 쏟아질 게 뻔하다.

'하지만 있던 곳이 커지면 애매해지지.'

노형진은 마음을 굳히고 애써 놀란 표정이 되었다.

"아니, 신동하 씨? 신동하 씨가 여기 왜 계십니까?"

"에에? 저를 아십니까?"

신동하는 깜짝 놀랐다.

자신을 아는 사람은 거의 없다.

심지어 회사에서도 신동하라는 이름은 알아도 자기 얼굴을 아는 사람이 없는데, 투자하러 왔다는 사람이 자신을 알아보다니?

"에에? 저희 직원을 아십니까?"

사장도 어리둥절한 모습을 보이기에 노형진은 모른 척했다.

"제 직원이 큰 실수라도?"

"아니, 그게 아니라…… 신동하 씨 모르십니까? 어떻게 신동하 씨를 모르세요?"

어리둥절한 표정을 하던 토스케는 다음 말에 얼굴이 사색이 되었다.

"대동그룹의 삼남 아니십니까?"

"에에엑!"

"에엑!"

사장뿐만 아니라 거기에 있던 여자애들까지 당황해서 소리를 높였다.

노형진은 애써 모른 척 이야기를 꺼냈다.

"아…… 집안 힘을 빌리지 않고 스스로 이룩하겠다고 집을 나가셨다는 소리는 들었습니다. 그런데 왜 여기에……? 아, 이런……. 그런 건가요? 제가 말을 잘못한 것 같네요?"

"아니, 그냥…… 그게…….."

신동하는 어쩔 줄 몰라 했다.

'그렇지. 남자란 다 그런 거지.'

노형진이 자신을 어떻게 안 건지는 모를 것이다.

하지만 자신의 신분에 대해서는 안다.

그리고 이 상황에서 '아닌데요. 집에서 쫓겨났는데요.'라고 말할 남자는 없다.

"그게…… 그렇게 되었습니다, 하하하."

"그렇군요. 공교롭네요. 저희도 가능성이 있다고 생각해서 여기에 투자하러 온 건데요."

눈을 반짝거리는 토스케.

"솔직히 미심쩍었습니다만."

"그게⋯⋯."

"신동하 씨가 여기를 고른 걸 보니 이유가 있겠군요."

노형진은 안다는 표정으로 고개를 끄덕거렸다.

"좋습니다. 신동하 씨의 그 안목을 믿어 보지요. 제가 투자를 하겠습니다."

"네? 아니, 그게 무슨⋯⋯."

신동하는 당황했고 노형진과 같이 온 직원은 더 당황했다.

"저기, 노 변호사님? 그렇게 쉽게요?"

"쉽게가 아니죠. 재벌 3세가 다 버리고 인생을 걸었다는 건, 여기에 뭔가 있다는 것 아니겠습니까?"

"그런 건가요?"

신동하의 진면목을 알고 있는 직원은 차마 말은 하지 못하고 그냥 뒤로 물러났다.

"자, 그러면 투자 계약을 할까요? 후후후."

⚖

"진짜로 투자하실 겁니까?"

"해야지요."

노형진은 차분하게 말했다.

아까처럼 호들갑을 떠는 게 아니라 진지하게 생각하면서 말이다.

"그런데 그곳의 가치는 솔직히…… 모르겠습니다. 뭐가 보이셨는지 모르지만."

'나도 뭐든 보였으면 좋겠다.'

진짜 연예인을 좋아해서 하이레스라는 아이들이 크게 성공하는 모습을 봤다면 좋겠지만, 그런 건 모른다.

하물며 한국이나 미국의 가수들도 진짜 유명한 사람이 아니면 모르는데, 관심도 없었던 일본의 가수는 유명해도 모른다.

"그런데 왜요?"

"신동하가 너무 주눅이 들어 있거든요. 일단 뭘 하든 그가 스스로 일어날 정도의 자존심은 회복해야 합니다."

"그거랑 이거랑 무슨 관계가 있는지 모르겠습니다."

노형진은 씩 웃었다.

하긴, 직원 입장에서는 잘 모를 것이다.

"제가 왜 거기서 그렇게 호들갑을 떨었는지 아십니까?"

"글쎄요? 저도 잘……."

"제가 그렇게 함으로써 그곳의 서열이 바뀌었습니다."

사실상 이번 투자는 신동하 혼자의 힘으로 이루어진 것이나 마찬가지다.

그리고 토스케는 그가 재벌 3세라는 걸 알았다.

"신동하가 병신도 아니고, '사실은 내쫓겼습니다.'라고 말하지는 않겠지요."

"그건 그런데……."

"당연히 신동하에 대한 대우가 달라질 겁니다."

사장의 대우만이 아니다.

하이레스라는 그 걸 그룹 아이들 역시 신동하를 조심스럽게 대하게 될 것이다.

"사람의 자존심은 결국 주변에서 그를 어떻게 대하느냐에 따라 달라집니다. 하물며 어찌 되었건 걸 그룹을 하겠다고 할 정도로 여자애들의 외모는 괜찮더군요. 그런 여자애들이 우러러봐 준다면, 남자라면 당연히 기가 살게 되어 있습니다. 어찌 되었건 주변에서 그를 높여 준다면 그의 자존심도 올라가겠지요."

"아아……."

"지금 상황에서는, 그의 자존감이 바닥이라 그 회사에서 과연 나올지도 확실치 않습니다. 설사 나온다고 해도, 저런 자존감으로는 못 써먹고요."

그래서 노형진이 그곳에서 그렇게 호들갑을 떤 것이다.

그의 존재를 증명하여 주변에서 그에게 기댈 수 있게 하기 위해서 말이다.

"그러면 그 걸 그룹이 가치가 있어서 한 건 아니고요?"

"그들의 미래는 전 모르죠. 투자는 할 테니 가진 바 재능이 있으면 올라갈 테고, 아니면 추락할 테고. 하지만 중요한 건, 그들이 신동하에게 기댈수록 그의 자존심은 높아진다는 거죠."

노형진은 씩 웃었다.

"그러면 미래에 신동하는 자신의 형제와 아버지에게 칼을 갈 수 있을 겁니다."

바로 그때가 진짜 무기를 공급할 때다.

유명해져라

신동하가 재벌 3세라는 소문은 빠르게 퍼졌다.

아니, 퍼질 수밖에 없었다.

노형진이 그렇게 소문을 내 달라고 했으니까.

"그게 비록 지하 아이돌 세계라고 할지라도 말이지요."

노형진은 청구 금액을 보면 한숨을 푹 쉬었다.

"일본 땅값 더럽게 비싸네, 증말."

"그래도 대룡에서 보면 싼값이잖습니까?"

"이건 제 돈이잖습니까. 대룡은 아직 전면에 나설 수가 없으니."

"나중에 돌려받을 건데요, 뭐. 그리고 마이스터에서 지원하는 거 아닙니까? 마이스터라면 이 정도는 초 단위로 벌어들이지 않겠습니까? 하하하."

"끄응…… 그건 그런데……."

노형진은 일단 신동하를 위해 뭐든 해 주기로 했다.

사실상 신동하의 뒤에는 노형진이 있다.

그는 그 힘이 어마어마하다는 것을 보여 줘야 했다.

그래서 실행한 계획이 다름 아닌 신축 공사.

시내에 있는 오래된 빌딩 네 채를 사서 밀어 버리고 그곳에 사옥 겸 공연장을 만들어 주겠다는 계획.

이미 한국에서 초빙한 댄스 트레이너가 미친 듯이 네 명을 굴리고 있다.

보컬 트레이너는 일본에서 제법 이름 있는 사람을 불러왔다.

"그런데 이렇게까지 하시는 이유가 뭡니까?"

"이런 말이 있지 않습니까? 유명해져라, 그러면 네가 똥을 싸도 사람들은 박수를 보낼 것이다."

"명언이죠."

"그겁니다. 일단 유명하게 하려고요."

"이해가 안 가는데요."

직원은 고개를 갸웃했다.

저 아이돌이 유명해지는 거랑 자기들이 내전을 일으키는 거랑 무슨 관계가 있는지 알 수가 없었다.

노형진은 서류를 넘기면서 미간을 문지르며 눈의 피로를 풀었다.

"간단하게, 자신의 이름의 가치를 느끼게 하는 겁니다."

"이름의 가치요?"

"네, 신동하라는 이름의 가치요."

지금 신동하라는 이름에는 아무런 가치도 없다.

재벌 3세이기는 하지만 버려진 재벌 3세다.

"하지만 우리가 이렇게 그 이름의 가치를 높여 주면 그는 자존감이 높아질 겁니다. 아니, 아예 하늘로 치솟겠지요."

'나'는 할 수 있다.

'내' 이름을 걸고 뭐든 하면 투자가 따라온다.

"그리되면 나중에 대룡이 붙어서 투자하겠다고 해도 의심을 하지 않겠지요."

"아! 그러네요. 지금은 대룡이 나서서 투자한다고 하면 이상하게 생각할 테니까."

하지만 그러한 추앙에 익숙해지고 자신감이 붙으면, 대룡이 그에게 투자하겠다고 해도 의심할 리 없다.

왜냐?

'나'니까.

'나'는 '신동하'니까.

재벌 3세이고, 대동의 후계자 중 한 명이니까.

그 이름의 가치를 알고, 대룡의 지원을 아무런 의심도 없이 받아들일 것이다.

"하지만 그러다가 나중에 우리와 손절 하면요?"

노형진은 피식하고 웃었다.

"그러면 과연 그가 살아남을까요? 아마 대동은 공중분해될 겁니다. 그의 사업 밑천은 오직 자신의 이름뿐이니까요."

"노 변호사님…… 엄청나게 무서운 사람이네요."

"무서운 게 아니라 계획입니다."

사업은 비정하다. 그리고 돈은 차갑다.

그가 최종적으로 이긴 후 손절 한다고 해도, 이쪽은 손해 볼 게 없다.

그는 제대로 된 사업을 해 본 적도 없는 사람이고, 그의 손에 대동이 굴러가게 된다면 멀쩡하기는 쉽지 않다.

설사 그가 실패한다고 해도, 이미 대동의 힘은 상당히 빠진 후일 것이다.

"그러니 자신의 이름의 가치를 높다고 생각하게 만들기 위해 밀어주시는 거군요."

"네, 사실 이것도 다 함정이니까요."

투자를 하기는 했지만 건물을 준 게 아니다.

건물의 소유권은 노형진이 가지되 다만 하이레스와 미카즈키 프로덕션에 무상 사용권을 준 것뿐이다.

"건물은 나중에 팔 수 있으니 제가 손해 보는 건 그들이 사용한 공간에 대한 사용료 정도겠지요. 시설비랑."

그걸 생각하면 아주 큰 손해는 아니다.

다른 사람들 입장에서는 사정도 모르는 데다 건물에 사옥

이랍시고 이름 떡하니 박아 놨으니 엄청나게 투자받았다고 생각하겠지만…….

"이 정도면 이 바닥에서 이름이 파다하게 퍼져 나갈 겁니다."

"하지만 그런다고 해도 실익이 없으면 의미가 없을 텐데요."

그와 엮이는 이들이 많아지고 그들에게 실제로 이득을 준다고 해도, 결국 작은 이득이고 성장에는 한계가 걸린다.

"그리고 신동하가 커지면 신동성이나 신동우가 뭔 짓이든 할 것 같은데요."

"걱정하지 마세요. 2차전은 그들이 손대지 못하는 세계에서 할 겁니다."

"2차전요? 그들이 손대지 못하는 세계요?"

"네, 이런 말이 있지요. 사람은 자신이 속한 세계가 당연하다고 생각한다는."

"그 세계가 어딘데요?"

노형진은 허공을 바라보았다.

"바로 저 위죠, 신들의 전당."

⚖️

"자리를 만들어 달라고?"

이제는 아스가르드를 전담하게 된 손채림은 노형진의 황당한 부탁에 어리둥절했다.

"설마 '규정상 못 만들어 줍니다.'라고 하지는 않겠지?"

"네 건데 뭔 소리야? 하지만 이해가 안 가는데. 뭐? 하이 레스? 그런 애들이 있어? 난 들어 본 적도 없다."

"나도 들어 본 적 없던 애들이야. 노래 부른 거 들어 볼래?"

노형진은 손채림에게 음악을 틀어 줬다.

손채림은 듣다가 눈을 찌푸렸다.

"일본어라서 잘 모르겠지만 그건 둘째 치고 내 귀가 막귀 인 거야, 아니면 이 애들이 정말 못 부르는 거야?"

"후자야. 보컬 트레이닝 받기 전에 녹음한 거거든. 지금 받고 있는 중이고."

"그래? 그건 그렇다고 치고, 이 애들을 왜 아스가르드에 태워?"

"사실 하이레스는 그냥 핑계야. 내 목적은 신동하지."

"얼씨구? 또 내가 모르는 음모라도 꾸미시나?"

노형진은 씩 웃으면서 대룡에서 부탁받은 사항을 이야기 했다.

그 말을 들은 손채림은 머리를 절레절레 흔들었다.

"이건 뭐…… 국제 사기범 수준이잖아?"

"사기는 아니지. 내가 거짓말을 하는 건 아니잖아."

"아니, 그건 그런데……. 그래, 네가 거짓말을 하는 건 아 니기는 하다."

손채림은 인정했다.

노형진이 하는 것 중에서 거짓말은 없다.

그저 '기회를 주는 것뿐'이다.

"그래서 아스가르드에 자리를 마련해 달라고?"

"그래, 그 네 명하고 신동하 자리를 만들어 주면 돼. 아니다, 자리 세 개만 더 비워 줘."

"총 여덟 개? 알았어. 그거야 어렵지 않지."

"아, 그리고 같이 탑승하는 사람들은 주로 중국 쪽 자본가로 채워 줘."

"중국 쪽? 아니, 중국 쪽은 왜?"

"장난을 좀 칠 생각이거든, 후후후."

"뭘 장난을……. 아니다. 그냥 난 구경만 하련다."

손채림은 고개를 끄덕거렸다.

"모르고 있다가 팍 터지는 것도 카타르시스가 있단 말이지."

"그럼, 그럼."

그게 터지면 아마 대동그룹은 상당히 시끄러워질 것이다.

아스가르드라는 존재는 잘 알려지지는 않았다.

사실 이런 부자들만의 세계가 있다는 소문이 나 봐야 좋을 게 하나도 없으니까.

하지만 그렇다고 해도 알 사람은 안다.

그리고 그걸 아는 사람들, 특히 일본 사람들의 경우 상당한 이슈로 삼았다.

그럴 수밖에 없는 게, 일본 사람들은 소위 말하는 국뽕을 상당히 좋아하는데 아이돌계 최초로 아스가르드에 탑승한 것이 일본의 아이돌이니까.

'실력이 훨씬 나아졌네. 그런데 도대체 얼마나 굴린 거야? 애들이 살이 쪼옥 빠졌네.'

노형진은 관리를 넘어서 거의 헬쑥 단계까지 떨어진 네 명의 하이레스를 보고 혀를 끌끌 찼다.

하긴, 단시간 내에 실력을 높이기 위해서는 진짜 엄청나게 굴려야 했을 것이다.

'그래도 덕분에 욕은 안 먹겠어.'

일단 듣기는 나쁘지 않다.

어느 정도 한국 그룹의 수준까지는 왔다.

물론 톱까지는 아니지만, 일단은 그럭저럭.

'더 굴리면 어떻게 될지 모르겠네.'

사실 중요한 건 그녀들이 아니다.

중요한 건 신동하다.

"이쪽은 신동하 매니저입니다. 대동그룹의 삼남이죠."

"오, 반갑습니다. 그런데 대동그룹의 자녀가 왜 매니저를……?"

사업을 하는 사람들 중에서 대동그룹을 모르는 사람은 없다.

그런데 대동그룹의 삼남이 고작 연예인 매니저를 하고 있는 이유가 다들 궁금한 모양이다.

노형진은 이미 질문을 예상했기 때문에 어렵지 않게 대답했다.

한번 써먹은 방법이기도 했으니까.

"집안의 힘을 빌리지 않고 스스로 일어나겠다고 집을 나오셨답니다."

"오오! 깨어 있는 청년이로군요."

"부럽습니다. 나이가 어떻게 되십니까? 스물여섯 살요? 허허, 이거 참. 내 아들은 이제 서른둘인데 아직도 클럽에서 기어 다니고 있는데."

"하하하."

신동하는 어색하게 웃었다.

그리고 그런 그를 대부분의 사업가들은 우호적으로 대했다.

'그럴 수밖에 없지.'

일단 딱히 적대할 필요도 없고, 그는 공식적으로 대동그룹의 삼남이다.

척지면 손해다.

'그리고 다른 그룹의 사정을 다 알 리는 없고.'

그것도 중국 쪽 사람들이 말이다.

애초에 재벌가의 치부는 자국민들도 모른다.

재벌가일수록 그런 부끄러운 부분은 감추고 싶어 하니까.

당연히 신동하의 출생에 관한 이야기나 사실상 내쳐졌다는 사실을 알 리가 없다.

　"그런데 실력이 있어 보이네요."

　"미다스도 신동하 씨를 믿고 거액을 투자했습니다. 지금까지 120억을 투자했지요."

　"아니, 그렇게나 많아요?"

　"가치가 있으면 확실하게 띄워 줘야 하지 않겠습니까?"

　물론 그 120억의 대부분은 건물값이다.

　즉, 망해도 손실은 3억 미만이라는 소리.

　"대단하군요."

　"저는 일본 문화의 미래를 신동하 군이 이끌어 갈 거라고 생각합니다."

　"일본 문화의 미래요?"

　"네, 문화 쪽 사업에 상당한 재능을 보이더군요."

　노형진의 말에 신동하는 기겁했다.

　자신은 그냥 먹고살려고 매니저 한 것뿐인데.

　"아닙니다. 제가 무슨…… 재능이 있다고……. 그냥 먹고살려고 일단 시작한 건데……."

　"먹고살려고 그렇게 작은 곳에서 시작하는 사람이 어디 있습니까? 다른 사람도 아니고 대동의 삼남이? 너무 겸손한 것도 안 좋은 버릇입니다."

　"하하하!"

노형진의 말에 다들 크게 웃었다.

노형진의 말이 맞으니까.

재벌 3세가 먹고살려고 작게 시작한다고 하면 일단 소속사를 세우지, 소속사에서 매니저를 하지는 않는다.

즉, 그가 본 게 있다는 거다.

'원래 이런 게 거품인 거지.'

거품이 달리 끼는 것이 아니다.

실적이 없어도 잘나갈 것 같으면 끼는 게 거품이다.

"그러면 일단은 걸 그룹에 투자하는 건가요?"

"아니, 그게……."

신동하에게 무슨 계획이 있어서 이 자리에 온 것이 아니었다.

그냥 오래서 왔는데 타 보니 대부호들로 가득하다.

'아, 죽겠네.'

하이레스 멤버들은 거의 눈이 돌아갈 지경이지만, 그는 진땀을 흘리는 중이었다.

그때 노형진이 그를 보면서 미소 지었다.

"그럴 리가요. 신동하 씨를 통해 일본 영화에 투자해 볼 생각입니다."

"에엑!"

노형진의 말에 신동하는 기겁을 했다.

"저를 통해서요?"

"아무래도 저희도 믿을 만한 사람이 있어야 하지 않겠습니까? 신동하 씨가 저희한테 거짓말을 할 이유는 없지 않습니까?"

"그…… 그건 그런데……."

신동하는 땀을 뻘뻘 흘렸다.

갑자기 영화라니?

그리고 그걸 듣고 있던 손채림도 당황했다.

터트리는 걸 기다리고 있기는 했지만 전혀 엉뚱한 게 터졌으니까.

"신동하 씨라면 믿을 만한 사람을 구해 줄 수 있을 거라 생각합니다. 사실 일본 영화가 상대적으로 무시받고 있는 건 사실이지 않습니까?"

"으음…… 그렇지요."

중국인 투자자들은 고개를 끄덕거렸다.

그럴 수밖에 없는 게, 그게 현실이니까.

"이참에 신동하 씨와 손잡고 시스템을 개편해서 제대로 된 영화를 만들어 보려고 합니다."

"일본 시장을 생각하면 그럴 만한 가치가 있습니다."

몇몇 투자자들은 눈을 반짝였다.

실제로 아스가르드는 부자들의 투자 거래를 하는 공간이기도 하니까.

"저기, 노 변호사님, 저는 그런 걸 잘 모르는데요……."

"그럴 리가요. 벌써 소문이 파다하던데요? 영화사들이 신동하 씨를 만나려고 줄 섰다고."

이것이법이다

"아니, 그거야……."

그가 재벌 3세라고 소문이 났으니, 투자라도 받아 보려고 오만 잡것이 모여드는 것은 당연하다.

하지만 그중에 제대로 된 영화사는 없다.

'뭐, 상관없지.'

노형진은 싱글거리면서 그의 어깨를 두들겼다.

"그나저나 우리가 너무 잡고 있었네요. 저기 아가씨들이 기다리는데."

아무리 공연을 위해서라고 하지만 하이레스가 아스가르드에 탄 이상 어느 정도 통성명은 해야 한다.

그런데 공연을 마친 그녀들은 뻘쭘하게 서 있었다.

아는 사람이 없으니까.

그렇다고 여기에 있는 사람들에게 먼저 다가가자니, 죄다 입김 하나면 인생 날려 버릴 수 있는 사람들이라 섣불리 인사할 수도 없고.

"가서 소개시켜 주세요."

"네?"

"혹시 압니까, 투자자라도 나올지?"

"헉!"

사실 노형진이 투자한 게 있지만, 그건 어디까지나 건물이나 차량 등이다.

언제든 되찾아갈 수 있는 것 말이다.

그러니 다른 돈이 들어온다면 자신들이 활동할 수 있는 여지는 더 많아진다.

"이 사람들, 돈 많습니다."

다른 사람도 아니고 대동그룹의 삼남.

그와의 인맥을 만들기 위해 10억 정도는 기꺼이 투자해 줄 수 있는 사람들이다.

물론 대동과 신동하의 관계를 모른다는 가정하에 말이다.

"아…… 네…… 네……."

신동하는 고개를 끄덕거렸다.

노형진이 왜 자꾸 자신을 띄워 주는지 궁금하기는 하다.

하지만 지금같이 기회를 떠다 먹여 주는데 그걸 못 잡으면 자신이 병신인 거다.

"그러면 실례하겠습니다."

이미 부자들을 신동하에게 소개시켜 줬으니, 신동하는 돌아다니면서 자연스럽게 하이레스를 그들에게 소개시켜 줄 것이다.

그가 멀어지자 손채림이 노형진에게 다가왔다.

"아니, 갑자기 영화라니 뭔 뜬금없는 소리야? 신동하에게 무슨 영화 쪽 라인이 있어?"

"없지."

"그런데 왜 영화 이야기를 한 거야?"

노형진은 조용히 손채림을 데리고 2층으로 향했다.

다행히 2층에는 아무도 없었기에 방 하나 잡고 이야기하는 것은 어렵지 않았다.

"너, 내가 했던 말 기억해, 일본 영화의 갈라파고스화?"

"기억하지."

일본은 자신들의 영화의 특징을 버리지 못해서, 결국 그들의 영화는 자기들끼리 보는 그런 영화가 되어 버렸다.

대표적인 예가 바로 실사 영화들이다.

할리우드의 영웅 영화 역시 실사화인 것은 마찬가지이나, 일본 영화는 환장할 정도의 저퀄리티 때문에 제대로 대접도 못 받는다.

"그러면 일본 영화의 시장 규모가 얼마나 되는지는 알아?"

"어…… 글쎄. 그렇게 영화가 망조가 들었으면 무척 낮을 것 같은데. 한 20위에서 30위쯤 되나?"

"세계 3위야."

"으에에엑! 진짜로? 말이 안 되잖아? 일본 영화는 망조 들었다면서? 그래서 연기만 전담으로 하는 사람이 거의 없다면서? 그런데 세계 3위라고?"

"자본의 문제야."

일본의 영화 관계자들이 실력이 떨어지는가?

그건 아니다.

사실 일본 영화는 한국 영화보다 훨씬 더 빠르게 발전했고 세계에서 먼저 국제상을 수상해 왔으며 실력이 좋은 감독들을 다수 데리고 있다.

"그런데 왜 망조가 들어? 그리고 3위라면서?"

두 가지는 전혀 상반된 이야기다.

망해 가는데 세계 3위의 규모라니.

"쉽게 말해서 이거지. 중간이 없다."

"중간이 없다?"

"그래."

극단적 고퀄리티를 자랑하는 전문 영화인들이 만든 영화.

그에 반해 극단적 저퀄리티의 조잡한 영화들.

"안 그래? 그런 느낌 안 들어?"

"어…… 그러네."

"왜 그런 것 같아?"

"글쎄, 나야 모르지. 영화에 대해서는 난 전혀 모르니까. 너처럼 영화광이 아니야."

"간단해. 시스템의 문제지. 전에도 말했지만 일본은 감독이 직원 중 한 명일 뿐이야."

그래서 제대로 찍으려는 노력이 없다.

그런데 어떻게 고퀄리티를 자랑하는 세계적 영화들이 나오느냐?

웃기지만 일본은 한국보다 훨씬 인디 영화에 대한 지원이 빵빵하다.

그리고 그들 중 일부는 해외의 투자를 받아서 영화를 만든다.

"그리고 해외투자 영화는 간섭이 덜하지."

"아, 무슨 뜻인지 알겠다. 그러니까 우리나라 그 영화제용 영화 같은 셈이구나."

"그래."

다만 그런 영화에 일본은 투자하지 않고, 외부에서 투자가 들어온다는 것이다.

"주로 미국이나 유럽이 투자를 해."

"뭔가 복잡하네."

"한국의 문화라고 치면 이런 거지. 고등학교 때는 성적 우선으로 공부만 시키다가 대학에 들어가면 갑자기 창의력을 요구하고, 면접 때는 창의력 점수를 배정해 놓고 입사하고 나면 다시 회사의 노예가 되는 그런 느낌?"

"너무 핵심적 비교라 뼈까지 와닿는다."

인디 영화에서는 지원을 잘해서 감각을 살려 주다가, 영화판에 뛰어들면 그런 거 다 버리고 오로지 시키는 대로 찍어야 하는 직장인이 될 뿐이다.

그렇다 보니 제대로 찍으려고 하는 사람들은 해외투자를 받는 수밖에 없는데…….

"그런 사람들은 보통 예술영화 감독이지."

"일본 영화의 예술성이야 뭐 알아주지."

손채림도 안다는 듯 고개를 끄덕거렸다.

그 유명한 스타워즈조차도 감독이 스스로 일본 영화 〈7인

의 사무라이〉에서 영감을 받았다고 할 정도로, 일본 영화의
예술적 부분은 경지에 올랐다고 봐도 무방하다.

"그래, 중간이 없지. 그래서 중국에서 일본 영화에 투자를
하지 않는 거고. 그런데 만일 투자회사가 생긴다면 어떨까?"

"어…… 투자회사? 중국에서 일본으로?"

"그래. 한국도 중국에서의 막대한 투자가 이루어지고 있어.
사실 어지간한 영화들은 중국 투자 없이 만들기 힘들 지경이고."

"어…….."

노형진의 말에 손채림은 머릿속을 정리했다.

중간이 없는 일본 영화.

하지만 투자회사가 생기고 중간급 영화를 만들 수 있는 시
스템이 만들어지면, 과연 시장은 어떻게 변할 것인가?

일본의 현재 영화 시장 규모는 전 세계 3위다.

거기에다 50~60%가 애니메이션.

"내가 말했지, 문화 전쟁."

대동이 한국을 노리면서 내건 기치는 경제 전쟁이다.

한국의 경제력을 집어삼켜 지배하겠다는.

"나는 문화 전쟁이야. 문화를 지배하는 자가 정신을 지배
하지."

"무섭다, 진짜."

아마 중간급이 생기기 시작하면 일본식 실사화로 대표되
는 저퀄리티의 영화들은 급속도로 세력이 움츠러들 것이다.

그리고 관련 영화사들이 사라지기 시작한다고 해도, 기존의 예술영화사들이 끼어들 수는 없다.

추구하는 바가 전혀 다르니까.

물론 일반 영화사가 없는 건 아니지만, 투자되는 자금의 차이가 어마어마하니 영화 자체의 퀄리티 역시 심각한 차이가 날 것이다.

"우리가 투자한 영화사들이 급속도로 성장하겠지."

일본 사람들이라고 영화 보는 눈이 없는 것은 아니다.

영화 자체의 퀄리티보다는 코스프레에 집착하는 저퀄리티의 영화와, 그래도 어느 정도 수준이 되는 영화를 두고 저퀄리티를 고를 사람은 없다.

더군다나 일본은 영화 표 가격이 비싸기로 소문이 난 곳이다.

당연히 어지간한 마니아가 아니고서야 굳이 저퀄리티를 찾아서 보려고 하지 않는다.

"지금 대부분의 영화사들은 방송국의 지원으로 먹고살고 있어. 그래서 소위 말하는 극장판이라는 것이 자리를 차지하는 거고."

"어? 그래?"

"아마 자체적으로 자금을 조달하는 영화사는 거의 없을걸."

그런데 이쪽에서 조달을 할 수 있게 된다면, 그리고 그 전면에 신동하가 나선다면…….

"다들 신동하에게 매달리겠구나."

"그러겠지."

"하지만 여전히 문제가 없는 건 아니잖아. 아예 애초에 상영을 안 해 주면 어쩌려고?"

애써 만든다고 해도 영화관에서 안 틀어 주면 그건 의미가 없다.

그런데 노형진은 고개를 흔들었다.

"일본의 상영 시스템은 한국과 달라. 독점이라는 게 없어."

"그게 무슨 소리야?"

"한국은 제작자와 상영자가 동일하니까 독점이 심하지."

그나마 대룡은 관련 체인이 있지만 제작은 하지 않아서 균형이라도 잡는데, 다른 기업들은 자체 제작한 영화를 거의 들이붓는 수준이다.

"심한 경우는 90% 이상의 독점이 이루어지니까. 하지만 일본은 그렇지 않아. 영화의 퀄리티와는 상관없이 최소한 상영 시간 자체는 공평하게 배분하는 편이야. 대신에 흥행작은 초장기 상영으로 넘어가지. 막 세 달씩 상영하고 그래."

"그러면 우리가 만들어도 상영 못 할 가능성은 없구나."

"그래."

물론 이제 만든 영화와 동시에 부딪히게 되는 영화는 제대로 죽을 쑤게 되겠지만.

"거기에다 문화 전쟁을 하는데 가장 강력한 아군이 있잖아."

"가장 강력한 아군? 그런 아군이 어디…… 아! 인도!"

"역시 넌 척 하면 착이구나. 에효."

"왜 그래, 갑자기?"

"아니, 누구 답이 없는 인간이 생각이 나서."

노형진은 오광훈을 생각하고는 씁쓸하게 웃었다.

인도.

노형진은 인도의 특정 지역을 개발해서 컴퓨터 프로그램 전문 단지를 만들었다.

그리고 그곳에서 가장 공을 들인 것 중 하나가 바로 CG, 그러니까 영화에 들어가는 특수 효과다.

"지금은 미국과 거의 비슷한 수준이지."

하지만 그 비용은 어마어마하게 낮아서, 상당수 영화들이 미국보다는 인도로, 정확하게는 노형진이 차린 전문 회사로 찾아오고 있었다.

"일본의 CG 실력은…… 처참하지."

"충분히 먹힐 수 있겠네."

아주 고퀄리티일 필요는 없다.

그냥 일본의 절대 다수를 차지하는 저퀄리티를 압살할 정도의 퀄리티만 나오면 영화판을 싹 쓸어 올 것이다.

"다 이해는 하겠는데 중국이랑 그거랑 무슨 관계야?"

"중국은 영화에 많이 투자하고 있어. 하지만 저퀄리티 문제가 심각한 일본에는 거의 하지 않아. 예술영화는 당연히 안 하고. 결국 지금까지 일본에 투자를 거의 안 했다는 거지.

하지만 이번에 신동하가 지원을 받아 낸다면 아마 너도나도 매달리겠지."

"하지만 중국이 일본에 투자할 거라는 보장은…… 끄응…… 그렇군. 네가 세 자리만 더 만들어 달라고 했지?"

"맞아. 그쪽에 이미 들어가 있어."

그 세 사람은 진짜 중국인 사업가가 아니다.

세 명은 노형진과 대룡이 집어넣은 가짜 중국인 사업가들로, 그들을 통해 첫 번째 투자가 들어갈 것이다.

아무리 신동하가 다급하다고 해도 대룡의 지원을 받으려고 하지는 않을 테니까.

"자리를 잡은 후에 그걸 알게 된다고 해도, 결국 그는 대룡을 잘라 낼 수 없어."

그가 다시 바닥으로 떨어진다는 뜻이 되어 버리니까.

사실 전면에 나서는 것은 누가 해도 상관없는 일이었다.

"대동에서 방해하지 않을까?"

"할 수가 없지. 중국 투자자들이 끼어들 정도면."

거기에다 대고 '신동하는 우리 집에서 사생아 취급하면서 버린 자식입니다.'라고 말하는 건 '우리 집이 이렇게 막장입니다.'라고 전 세계 기업인들에게 떠드는 셈이나 마찬가지다.

"자존심 하나로 먹고사는 재벌들께서 과연 그걸 인정할까?"

그나마 그들이 할 수 있는 것은 '노형진이 말한 대로 스스로 일어나겠다고 해서 우리는 어떠한 지원도 해 줄 수 없습니다.' 정도다.

방해하기에는 일이 너무 커졌으니까.

"끝내주네. 좀 서두르는 느낌은 있지만."

"뭘 서둘러? 아이돌을 키워서 자리 잡게 하자고? 그럴 시간이 없어."

신동성이 쿠데타를 일으키기까지 몇 년 안 남았다.

그 전에 신동하가 의미 있는 수준의 성장을 하지 못하면 신동우는 속절없이 밀려 버릴 게 뻔하다.

그 후에 신동성이 집어삼킨 대동의 힘으로 신동하를 밀어 버리면 아무리 노형진이 밀어준다고 해도 신동하가 버티기는 힘들며, 실질적으로 노형진에게도 아무런 이득도 없다.

"그러니 최대한 빨리, 그들이 손대지 못할 정도로 유명하게 만들어야 해. 아마 지금쯤 우리 쪽 사람들이 영화 투자에 관심이 있다고 접근하고 있을걸."

"그리고 그걸 보고 다른 사람들도 투자할 테고?"

"그래, 영화에든 걸 그룹에든."

그리고 그의 이름은 일본에서 빠르게 퍼져 나갈 것이 확실했다.

⚖️

"저 사람들이 다 저를 만나러 온 거라고요?"

신동하는 자신에게 벌어진 기적이 신기했다.

얼마 전만 해도 그는 돈이 없었다.

얼마나 돈이 없는지, 그가 데리고 있는 걸 그룹 네 명과 함께 도시락 두 개를 나눠 먹었다.

그런데 지금 저 아래 그를 만나러 온 사람들은 다들 투자를 원하고 있다.

하이레스?

그 애들은 지금 일본 전역을 돌면서 활동하고 있다.

아스가르드라는 꿈의 공간.

그 공간을 갔다 온 유일한 연예인.

그곳에 대해 이야기할 수 있다는 것만으로도 그들의 가치는 충분하니까.

그게 효과가 있는 이유는 일본 방송의 특징 때문이다.

일본 방송에는 음악 전문 프로그램이 없다.

아이돌이라고 해도 음악은 공연장에서나 하는 수준이지, 사실 대부분의 예능에서 부를 기회는 없다.

그리고 예능에서 중요한 것은 바로 재미와 적절한 국뽕.

그래서 노형진이 하이레스의 실력 그 자체보다는 이슈를 만들기 위해 노력한 것이다.

하이레스가 일본 아이돌 최초로 아스가르드에 탑승하자 관심은 그쪽으로 쏠렸고, 그 덕분에 그녀들은 방송에 출연할 수 있었다.

'거기에다 일본 특유의 문화가 한몫했지.'

일본은 아이들을 완성시켜서 내보내지 않는다.

그래서 중국도 투자하지 않는다.

실패할 가능성이 너무 높으니까.

나중에 성공한 후에는 중국의 투자를 받을 이유가 없고 말이다.

'하지만 투자를 받았으니까.'

노형진의 계획에 속아 넘어간 중국 투자자 중 일부가 그들에게 투자를 했고, 그 덕분에 하이레스는 빠르게 성장하면서 소위 말하는 주류 아이돌로 편입하는 데 성공했다.

'물론 엄청나게 갈려 나갔지만 말이지.'

단 한 달 사이에 무려 10킬로그램이 넘게 빠졌다.

딱히 식단 관리를 한 것도 아닌데 말이다.

"이거…… 꿈인가요?"

"꿈 아닙니다. 당신이 이룩한 겁니다."

"내가 이룩한 것……."

물론 말도 안 되는 개소리지만, 노형진은 그렇게 이야기했다.

그리고 신동하는 그 말을 들으면서 마치 마법에 걸린 것 같은 표정을 지었다.

'그래, 그런 거지.'

스스로 일어났다는 자존심, 자부심.

그런 게 그의 정신을 도리어 갉아먹고 있으니 이상하다는 생각은 미처 하지 못하고 있을 것이다.

'아무리 좋은 거라고 해도 과한 건 부족하느니만 못하다고 하지, 후후후.'

노형진은 그렇게 속으로 생각하며 다음 말을 이어 갔다.

"하지만 영화 투자 건은 우리와 이야기해야 한다는 건 알아주셔야 합니다."

"그럼요. 아직 저도 영화를 잘 몰라서요. 사실 음악 쪽은 그래도 좀 알지만, 영화 쪽은 제대로 본 적이 없어서요."

'퍽이나 잘 알겠다.'

노형진은 속으로 웃으면서 그의 어깨를 두들겼다.

어찌 되었건 그는 공식적으로 하이레스를 띄우는 데 성공한 능력 있는 매니저다.

"조만간 다른 그룹도 골라야 합니다."

"다른 그룹요?"

"설마 하이레스 하나로 만족하시려고요? 그거 재능 낭비입니다."

"아…… 그래야지요. 자신 있습니다. 무조건 띄울 겁니다."

"저도 당신을 믿습니다."

노형진이 그렇게 신동하를 물고 빠는 그때, 문이 벌컥 열리면서 생각지도 못한 손님이 등장했다.

"동생! 요즘 잘나간다며? 이 형이 참으로 기분이 좋구나."

"누구?"

노형진은 그를 보고 누구냐고 물었지만 사실 알고 있었다.

신동하를 동생이라고 부를 수 있는 두 사람 중 한 사람, 신동성.

"형님……."

"그래, 형님이시다. 축하한다. 그래도 성공했네?"

히죽거리면서 웃는 신동성.

노형진은 그를 보면서 입술이 바짝바짝 말랐다.

'확실히 달라.'

신동우는 철저한 비즈니스 스타일이다.

자신과 적대적일 때도, 자신을 만났을 때 딱히 적대감을 보이지 않았다.

자신을 감추고 뭔가를 할 줄 아는 사람.

'하지만 신동성은 아니군.'

입으로는 축하한다고 하지만 그는 방해하기 위해 왔다는 것을 딱히 감추려고 하지도 않았다.

"하이레스가 잘나간다고 해서 한번 보러 왔는데 없네? 동생, 그래도 네가 띄운 걸 그룹인데 형님한테 인사는 한번 해야 하는 거 아니니?"

신동하는 지그시 입술을 깨물었다.

신동성이 왜 온 건지 알고 있으니까.

그동안 자신을 어떤 식으로 대했는지 기억 못 하는 게 아니다.

"형님, 우리 애들 이제 전국구라 저도 보기 힘들 정도로 바빠요."

"그래도 자랑스러운 대동의 삼남이 키운 애들인데 인사도 하러 안 오니?"

"저 스스로 일어났습니다, 형님."

"큭."

명백하게 비웃음을 날리는 신동성.

하긴, 지금 신동성의 입장에서 신동하는 아주 가소로울 것이다.

"네가 진짜로? 스스로 일어났다고 믿는 거야? 어디 한번 끝까지……."

"끝까지 해볼까요?"

신동성이 하던 말을 노형진이 먼저 자르면서 선을 그었다.

"넌 뭐야?"

"미다스의 한국 대리인을 담당하고 있는 노형진이라고 합니다. 그리고 이번 투자 건을 도와드리고 있지요."

미다스라는 이름이 나오자 신동성의 얼굴이 굳었다.

설마 같이 있으리라고는 생각 못 한 모양이었다.

"보아하니 저희가 투자한 사업에 불만이 많은 것 같은데, 어디 한번 미다스랑 끝까지 해보시겠습니까? 그리고 이번 사업에 중국분들이 투자 많이 하신 거 아시죠?"

노형진이 중국 투자를 단순히 속임수만을 위해 받은 것일까?

그건 아니다.

그럴 거였다면 굳이 신동하를 아스가르드에 태울 필요도 없었다.

그냥 방송국 사람들에게 뇌물을 뿌리는 게 훨씬 싸게 먹힌다.

"투자를 방해하시겠다면 저는 정식으로 보고를 올리는 수밖에 없습니다. 그게 무슨 뜻인지 아시죠? 아무리 후계 전쟁 중이라고 하지만 전쟁터는 잘 고르셔야지요."

"너, 이 개새……."

"개새끼라고요? 그 말, 투자를 방해하겠다는 의미로 받아들여도 되겠습니까?"

중국인들이 투자한 사업에 대동의 차남인 신동성이 방해한다.

그것도 후계 전쟁을 빌미로 말이다.

과연 그 말을 들은 중국의 투자자들이 가만히 있을까?

아무것도 없는 신동하는 졸지에 신동성과 후계 전쟁을 할 정도의 핵심 인물로 떠오르게 될 것이다.

그리고 중국은 정경 유착이 무척이나 심하다.

만일 그러한 사실이 알려지면 중국 투자자들은 중국에서 사사건건 대동에 태클을 걸 것이다.

한국만큼은 아니라고 해도, 중국에 진출하기 위해 대동이 노력하는 것은 당연한 사실이고.

그게 실패한 이유가 신동성이 후계 전쟁을 이유로 중국 투자자들과 정부를 도발했기 때문이라는 사실이 알려지면, 신동우는 어떻게 해서든 이참에 신동성에게 타격을 주려고 할 것이다.

"끝까지 가시겠습니까?"

"후회할 거다."

신동성은 몸을 돌렸다.

자신이 할 수 있는 것이 없으니까.

여기서 성질대로 발광할수록 결국 신동하만 뜰 거라는 걸 모를 정도로 그가 바보인 것은 아니었다.

"기대하죠."

신동성이 떠나자 신동하는 묘한 표정이 되었다.

지금까지 언제나 자신을 무시하고 괴롭히고 방해하며 미워했던 형이다.

이길 수도 없어서 두려움에 떨어야 했던 그런 사람, 지금 자신의 눈앞에서 도망쳤다.

'그래, 난 성공한 거야. 이제는 나도 힘을 가지고 있어.'

그의 얼굴에서는 자신감이 피어오르기 시작했다.

⚖️

"그래서 지금 적극적으로 투자를 받으면서 영화에 투자하고 있다고?"

"네, 아이돌 쪽도 받아들이고 있고요."

"허허, 철없이 구는군."

유민택은 보고를 받으면서 허허 웃었다.

마치 한이라도 풀려는 듯, 신동하는 적극적으로 투자를 받아들이면서 신나게 사세를 불리고 있었다.

아예 매니저는 그만두고 전문 투자자로 나서고 있는 상황.

"우리야 좋지요. 어차피 문화 전쟁을 하려면 해야 하는 일이었으니까요."

"일본 영화판을 먹어 버리겠다니, 좋은 생각이야."

똑같이 만드는데 한쪽은 사사건건 터치하고 다른 쪽은 감독의 재량권을 보장한다.

거기에다 배우도 마찬가지.

사실상 터무니없는 돈을 주는 현재의 일본 영화 시장에서, 투자를 받아서 합당한 가치의 돈을 주는 영화사가 생기면 실력 있는 배우들은 그쪽으로 쏠리기 마련이다.

"퀄리티 차이가 워낙 심해서, 아마 개봉하면 어렵지 않게 압살할 수 있을 겁니다. 똑같은 실사화 영화라고 할지라도 말이지요."

일본 실사화의 심각한 문제는 어설픈 코스프레에 있다.

만화의 스토리가 좋다면 그 스토리에 집중해야 하는데, 어째서인지 일본은 코스프레를 포기하지 못한다.

"결국 CG 문제가 심각한데, 일단 인도 쪽에 우리를 제외

한 일본 쪽 오더는 받지 말라고 해 뒀습니다. 사실 그다지 있지도 않았지만요."

"그 부분에서도 차이가 심하겠군."

한쪽은 할리우드 수준인 데에 반해 다른 한쪽은 발로 한 수준이라면 누가 후자의 영화를 보겠는가?

"그런데 그가 그렇게 성공한다고 해서 과연 대동에 타격을 줄 수 있겠나?"

"일단 신동하도 신씨 일가 핏줄은 맞더군요. 아직 어리고 철도 없고 후계 교육을 받지 못해서 그렇지."

"그게 무슨 말인가?"

"대동이 가진 문화 쪽 인프라를 흡수할 생각입니다. 어차피 생산 공장에 가 봤자 자신의 입김이 안 먹힌다는 걸 알고 있더군요."

하지만 문화 쪽은 다르다.

외부적으로 스스로 문화로 일어난 사람이라는 이미지가 있으니 그가 할 말이 제법 있다.

"영화 몇 개 터트리고 나면 아마 그쪽은 신동하를 지지할 겁니다."

"어리석기는 하지만 무능하지는 않다는 건가?"

"네."

"음……."

유민택은 진중한 표정이 되었다.

하긴, 가장 만만하다고 생각한 놈조차도 제법 머리가 굴러가는 듯하니 부담을 느낄 수밖에 없을 것이다.

"다른 문제는 없나?"

"일단 현실적으로 나온 문제는 없습니다만, 장기적으로 일본 방송국이 문제가 될 겁니다."

"일본 방송국이?"

"일본에서는 방송국이 대부분의 권력을 가지고 있습니다. 특히 문화 쪽은요."

애니메이션 강국이라 불리는 일본이지만 돈이 하늘에서 떨어지는 게 아니다.

당연히 그 제작비는 방송국이 댄다.

"영화도 애니메이션도, 방송국이 지원하는 자금으로 나옵니다. 그리고 우리가 노리고 있는 문화 전쟁에서 가장 피해를 입을 자들은 방송국이지요."

"그건 그렇지. 지금 네트웍플러스가 못 들어오게 하려고 방송국들이 난리지."

그런데 노형진이 일본 시장을 먼저 삼켜 버리면 방송국은 주요 수입원 중 하나를 잃어버리게 된다.

장기적으로 보면 두 개까지 잃어버릴 수 있다.

"완벽하게 막을 수는 없겠지만, 그들이 대동과 손잡고 저항할 수도 있다는 걸 감안해야 합니다."

"그러지."

"대동의 반응은 어떻습니까?"

"아직은 조용하네. 사실 신동하가 성공했다고 해도 그들 입장에서는 새 발의 피니까."

계열사 하나만큼의 힘도 없는 신동하다.

그러니 그저 모른 척하고 있을 뿐이었다.

'일본이 왜 우리나라에 문화 말살 정책을 폈는지 모르는 모양이군.'

노형진은 좋게 생각하기로 했다.

그들이 늦게 반응할수록 자신들은 더 많은 것을 준비할 수 있으니까.

"자네가 그랬다며? '유명해져라, 그러면 똥을 싸도 사람들은 너에게 박수를 보낼 것이다.'라고."

"뭐, 그건 제법 오래된 명언 아닙니까?"

"그렇지. 이제 유명해졌으니……."

유민택은 노형진을 보며 씩 하고 웃었다.

"우리가 심은 씨앗이 똥을 거하게 싸 주기만 기다리면 되겠군, 후후후."

"흠."

고연미는 볼펜의 끝을 물어뜯으면서 서류를 살펴보았다.

그리고 안절부절못하는 여자를 보고 안타깝게 말했다.

"이건 못 이겨요."

"못 이긴다니요! 어지간한 건 다 이기신다고 들었는데!"

20대 중반으로 보이는 여자는 새된 비명을 질렀다.

하지만 고연미는 안 된다는 듯 머리를 흔들었다.

"어지간한 건 이기는 거지, 다 이긴다고는 안 했습니다. 거기에다 가해자 입장이지 않습니까? 송아람 씨, 아무리 그래도 그 사실은 바뀌지 않습니다."

"가해자라니요!"

송아람은 억울한 듯 외쳤다.

하지만 고연미는 확실하게 선을 그었다.

"상간은 가해가 맞아요."

상간녀.

바람피운 상대방 여성을 지칭하는 말.

"하지만 제가 꼬신 것도 아니고 남자가 꼬셨다고요!"

"그럴지도 모르죠. 하지만 나중에 유부남인 걸 알고도 계
속 만남을 이어 가지 않으셨습니까? 그런 경우는 상간녀가
맞아요. 법적으로 보면 사후승인을 하신 셈이죠. 그런 경우
는 책임을 지셔야 해요. 송아람 씨 남편이 바람피웠다고 생
각해 보세요."

송아람은 아무 말도 못 하고 머리를 푹 숙였다.

고연미의 말이 맞으니까.

고연미는 그런 그녀에게 안타깝다는 듯 말했다.

"이런 경우는 보통 1,500만 원에서 2천만 원 정도 배상은
해야 해요."

입술을 깨무는 송아람.

하지만 후회는 아무리 빨라도 늦은 거라는 말이 있다.

특히나 법적인 부분에서는 말이다.

"그나마 다행인 것은 간통죄가 사라졌다는 거네요."

간통. 결혼한 남녀가 바람을 피우는 행위.

원래 법에서는 간통죄를 처벌했다.

하지만 간통죄가 사라졌다고 해서 다 끝난 게 아니다.

민사가 아직 남아 있으니까.

"고작 6개월 만났는데……."

"고작 6개월이 아니라 '무려' 6개월인 겁니다."

고연미는 차갑게 말했다.

'도대체 아무리 어려도 그렇지, 왜 이렇게 철이 없는 거야?'

같은 여자로서, 이미 결혼한 사람과 바람을 피우는 여자들이 그녀는 이해가 가지 않았다.

과학적으로는 뭐 이미 검증된 사람이라 더 호감이 간다 어쩐다 하지만, 그녀가 보기에는 다 헛소리다.

'결혼했어도 개새끼인 놈들이 얼마나 많은데.'

고연미는 머리를 흔들어서 잡생각을 털어 내고 다시 한번 확고하게 말했다.

"확실하게 말씀드릴게요. 이거 못 이겨요. 물론 합의는 진행하실 수 있겠지만요."

"흑흑흑…… 하지만…… 2천만 원이면 제가 모아 놓은 돈 전부인데……."

송아람은 눈물을 흘리며 후회했다.

자신이 평생을, 비록 많은 나이는 아니지만 못 입고 못 먹고 아껴서 모은 돈을 모조리 날리게 생긴 것이다.

"그러니까 사람을 봐 가면서 만나셨어야지요. 유부남인 걸 알게 된 순간 잘라 내셨어야 했구요."

"그건……."

"모르셨다면 몰라도, 알면서도 만난 이상 이건 못 이겨요."

고연미는 송아람에게 그녀가 건넸던 서류를 내밀었다.

"제가 드리는 조언은, 끝까지 가 봐야 손해라는 거예요. 변호사비까지 물어 주셔야 할 테니까요. 최대한 합의를 해 보세요."

말하면서도 고연미는 입안이 썼다.

그녀의 말에 상담을 마친 송아람은 소장을 들고 바깥으로 힘없이 나갔다.

"무슨 일입니까, 고 변호사님?"

마침 바깥에서 들어오던 노형진이 고연미를 보고 물었다.

"간통이래요. 남편이랑 간통하다가 아내한테 걸렸다네요."

"아, 간통요. 하여간 저도 변호사고 범죄야 다 이해가 안 되지만, 진짜 아무리 그래도 간통은 더 이해가 안 가요. 다른 건 뭐 이득이니 돈이니 복수니 그럴듯한데 그냥 하룻밤에 인생을 걸다니, 생각을 하고 사는 건지."

"그러니까요. 그런데 어쩐 일이에요?"

"아, 그게, 저희 팀원 하나가 휴가 가서 고 변호사님네 팀원 한 명만 빌릴까 하고요."

"우리 팀원도 부족한데요."

"그나마 사건이 적은 팀이 고 변호사님 팀입니다. 저희 쪽은, 아시잖아요, 저 갈아서 새론이 굴러갑니다."

고연미의 말에 길게 한숨으로 자신의 처지를 하소연하는 노형진이었다.

그나마 유능했던 손채림이 나가고 나자 진짜 일이 산처럼 쌓여 가는 것이 눈에 보였다.

"우우…… 아니, 뭔 놈의 사건이 이렇게 많아요?"

"우리 새론 특징이잖습니까?"

"계약할 때 이렇다고 말해 줬으면 진짜 안 왔을 텐데."

"말씀드렸습니다만?"

"그냥 일이 많다고 했지 죽을 만큼 많다고는 안 하셨습니다."

팀으로 활동하다 보니 사건을 더 많이 가지고 올 수 있다.

그래서 다른 곳보다 압도적으로 수익이 많다.

물론 지금 같은 경우는 곤란하다.

"아니, 대체 팀원은 언제 뽑는답니까? 저희뿐만 아니라 다른 팀들도 사람 부족하다고 비명을 질러 대고 있는데. 어떻게 이렇게 사는지 앞이 캄캄하네요, 정말."

고연미의 말에 노형진은 안쓰러운 미소로 타깃을 정해 줬다.

"부지런한 무태식 변호사 팀을 탓하세요."

무태식은 지난번 스포츠계의 비리 사건 이후에 눈에 불을 켜고 그쪽을 파기 시작했고, 그동안 돈을 줬던 부모들이 돌려받을 수 있다는 소리에 냅다 소송을 맡겼다.

밀린 사건만 벌써 1만 건 이상.

전국에 있는 모든 스포츠 계열 학교를 털어 버린 성과였다.

"무태식 변호사님이 아주 그냥 스포츠계를 토벌해 버릴 생각인 건가요?"

"그런가 봅니다. 소문으로는 중고등 학교 축구 감독의 20%가 잘렸다고 하더군요. 교장이랑 교감이 매일같이 무태식 변호사님을 찾아온다고 하더군요."

"아아…… 무태식 변호사님이 열혈인 줄은 알았지만, 으휴."

"오죽하면 하늘 쪽도 곡소리 난다고 합니다. 그쪽은 인원도 적지 않은데 그럴 정도면, 아주 일복 제대로 터진 거죠."

법무 법인 하늘.

새론의 산하에 있는 법무 법인이다.

다른 점은 구성원이 로스쿨 출신이라는 것.

그들의 우세한 점은 압도적인 숫자다.

새론에서 방어나 공격 방법을 시스템화해 처리 가능한 일은 하늘 쪽에 맡겨서 해결하는 것이 보통이다.

그런데 그런 곳이 곡소리가 날 정도면 일에 치여 죽을 지경이라는 소리다.

"그나마 큰 건만 우리 쪽에 온 겁니다."

"그건 그렇지만요. 아…… 진짜 싫다, 으으으."

고연미는 툴툴거렸다.

"이럴 줄 알았으면 아이돌 그만두는 게 아니었어요. 그때는 최소한 여덟 시간은 잤다고요."

노형진은 피식 웃었다.

오죽하면 이런 말이 나올까 하는 생각이 들었기 때문이다.

"지금도 그 정도는 잘 수 있지 않습니까? 그리고 그때는 인기가 없으니까 그렇게 잤죠. 성공한 아이들은 세 시간도 못 잔다는데요."

"누가 노 변호사님 아니랄까 봐 팩트 폭력을 하시네요? 아군이라고 해도 아주 인정사정없으시네요. 그리고 제 나이를 생각해야지요. 그때는 날아다녔지만, 지금은 나이가 있다고요."

"아직 20대이십니다만? 다른 분들은 30대, 40대입니다. 벌써 그러시면 그분들은 팔에 링거 꽂고 일하셔야 합니다."

"또! 또! 팩트 폭력! 아, 진짜! 채림이는 어떻게 일했는지 모르겠네요. 이거 이직한 이유가 뼈까지 아파서 그런 건 아닌가 모르겠네."

노형진은 슬쩍 시선을 돌렸다.

왠지 그런 이유도 있을 것 같아서였다.

"그나저나 누구를 보내 드리지?"

툴툴거리면서 고연미는 자신의 팀원 중 누구를 보내야 하나 고민했다.

'어쩔 수 없지.'

그녀는 전직이 언론을 타던 아이돌 출신이다 보니 사건을 담당하기도 하지만 동시에 새론의 대변인 역할도 같이한다.

그래서 확실히 타 변호사 팀보다 사건 배당이 적은 편이기는 하다.

"효연 씨한테 이야기해 둘게요. 얼마나 가는데요?"

"그건 저도 잘 모르겠습니다."

"엥? 또 왜요? 휴가라면서요?"

"우리 팀원이 언제 복귀할지 몰라서요."

"휴가 계획서 안 냈어요?"

"모르겠습니다, 급하게 휴가 내고 출근 안 하는 거라. 통화도 못 해 봤고요. 다급한 것 같은데 출근해서 휴가 계획서를 내라고 할 수는 없지 않습니까?"

한숨을 푹 쉬는 노형진.

목소리를 들어 보니 이만저만 큰일이 아닌 듯했다.

"일단은 효연 씨한테 내일부터 우리 쪽으로 출근해 달라고 해 주시면 감사하겠습니다. 숨통이 좀 트이겠네요."

"알았어요."

고연미는 고개를 끄덕거렸다.

그리고 고연미와 대화를 마치고 나가려던 노형진은 문득 바닥을 내려다보았다.

"어?"

"왜?"

"사진이…… 있는데? 사건 서류에서 빠진 건가요?"

"아까 그 사람이 떨구고 갔나 보네요. 이리 주세요. 제가 연락할게요."

몸을 숙여서 사진을 들어 보던 노형진은 어리둥절한 표정이 되었다.

"이상한데?"

"뭐가?"

"이 사진의 남자요. 제가 아는 사람입니다."

"네? 그게 무슨 말씀이세요? 같은 사건이 저희 쪽에 들어와 있나요? 아니면 다른 사건이 또 엮인 게 있나? 그런 소리는 못 들었는데요?"

고연미는 당혹스러운 얼굴이 되었다.

하긴, 아는 사람이 바람피웠다고 하면 어이가 없을 테니까.

"아니 아니, 개인적으로 아는 거 말고, 제가 사건 기록에서 본 겁니다."

"사건 기록?"

"네, 다른 사건 기록 조언을 부탁받은 적이 있어서요. 그 사건에서 봤던 사람이네요."

변호사들이 일을 하다 보면 막히는 때도 있는데, 노형진이 사건 자체를 도와주지는 못해도 조언 정도는 해 주는 경우가 종종 있었다.

노형진이 모든 사건을 다 할 수는 없으니까.

"뭐, 보통 저는 큰 건만 찾아서 보기는 하는데……."

확실히 얼마 전에 봤던 사건의 남자였다.

"이상하네요. 제 기억이 맞는다면 그 사건도 간통이었던 것 같은데요."

간통 사건이 한꺼번에 두 개가 동시에 들어온다? 한 남자한테?

그건 상당히 특수한 경우다.

물론 그런 경우가 전혀 없는 건 아니지만.

"간통? 그 남자가 또 바람피운 건가요? 거참. 하긴, 남자든 여자든 바람피우는 인간은 계속 피우더라고요."

고개를 절레절레 흔드는 고연미.

하지만 노형진의 말은 그녀의 상상을 뛰어넘었다.

"그거 고작 세 달 된 건데요."

"뭐?"

"합의한 지 세 달 된 사건입니다. 네, 정확하게 기억합니다. 최근에 간통 합의 건 중에서 제가 본 건 그게 유일하니까."

남자의 사진을 물끄러미 바라보는 노형진.

그리고 당황하는 고연미.

"그럴 리가 없어요. 의뢰인 말로는 6개월을 만난 사건이라던데요."

그러면 양다리란 말인가?

'그럴 수도 있지만…….'

그런 경우 대부분 다른 간통 사실이 드러날 때 한 번에 다 털어 내는 것이 보통이다.

그런데 그 후에도 몰래 만났다?

'아니, 그 전에, 여자가 이혼하는 게 보통이지 않나? 아내

가 몰랐던 건가?'

어리둥절한 표정이 되는 고연미.

"이거 기록을 확인해 볼까요?"

"그럴 필요 있을까? 우리 사건도 아닌데."

"그건 그런데……."

노형진은 머리를 긁적거리다가 고개를 끄덕거렸다.

"좀 확인해 봐야 할 것 같아요. 감이 그렇게 이야기하네요."

"감?"

"제가 또 번득이는 감이 있지 않습니까?"

"그건 그렇죠. 그리고 그 감에 여럿 갈려 나갔죠, 호호호."

이때까지만 해도 고연미는 웃을 수 있었다.

그러나 이후의 상황은, 결코 그렇게 쉽게 웃을 수 있는 것
이 아니었다.

⚖️

노형진은 고연미에게 부탁해서 다시 사건 서류를 확인했다.

그러다가 도무지 이해가 가지 않는 부분을 발견했다.

"아니, 이 여자가 고소인, 그러니까 간통남의 아내 맞습니까?"

"네, 맞아요. 그 여자가 아내라고 하더라고요. 혹시 이 사
람도 아는 사람인가요?"

"아는 사람이지요. 그것도 아주 잘 아는."

노형진은 자리에서 일어났다.

"고 변호사님이 오시기 전에 제가 해결한 사건의 가해자거든요."

"가해자요? 우연치고는 공교롭네요. 그때는 가해자였다가 이번에는 피해자라니?"

고연미는 우연이라고 생각하는 모양이었지만, 노형진의 생각은 좀 달랐다.

"그 당시 사건은 강간 무고였습니다. 그때 이 여자는 꽃뱀, 그러니까 피해자를 꼬시는 역할이었지요."

"허어?"

"이거…… 냄새가 좀 많이 납니다."

꽃뱀이 갑자기 피해자로 둔갑해서 두 건의 고소를 했다니, 우연치고는 참으로 기막힌 우연이었다.

"과연 우연인지는 좀 알아봐야겠지만."

노형진은 소송 서류로 가득한 보관 창고로 발걸음을 옮겼다.

⚖️

"진짜네."

쫙 나열된 세 건의 사건.

정확하게는 두 건의 사건 서류철과 한 장의 사진.

고연미는 거기에 있는 사진을 보고 자신도 모르게 혀를 내둘렀다.

"이건 아내라고 주장하는 곽경화가 꽃뱀으로 있던 사건이고, 제가 해결한 겁니다."

흔한 사건이었고, 아직 새론에 지금 같은 시스템이 완성되지 않은 시절, 노형진이 새론에 온 지 얼마 되지 않았을 때 배당된 사건이었다.

"소위 말하는 전형적인 꽃뱀 사건이었죠."

남자를 꼬셔서 여관으로 간 후, 가족이라는 작자가 들이닥쳐서 협박하고 강간으로 고소한다고 하며 돈을 뜯어낸 사건.

"그러고 보니…… 그때 사건이 조금씩 생각나네요."

노형진은 두 장의 사진을 비교하면서 혀를 끌끌 찼다.

"왜 갑자기 오라버니가 남편이 되었을까?"

그 당시 노형진은 곽경화에게 남자와의 가족 관계 증명서를 요구했고, 곽경화는 제출하지 못했다.

그리고 남자는 튀었고.

"박주서. 애초에 성이 다른데 남매라고 주장하더군요. 그때부터 판사가 의심했지요. 사실 가해자들이 어설퍼서 그다지 어려운 사건은 아니었습니다만."

몇 번의 고비가 있었지만, 결과적으로 곽경화가 자발적으로 꼬셔서 모텔로 향했다는 걸 증명해 내는 데 성공했고, 노형진은 피해자를 구해 줬다.

"그때 무고로 고소 안 했어요?"

"했죠. 하지만 고 변호사님도 아시잖아요, 한국에서 무고죄 처벌이 얼마나 개떡 같은지?"

"하긴, 그렇죠. 기껏해야 벌금 100만 원 정도였겠네요."

"20만 원 나왔습니다."

피해자가 없다는 이유로, 즉 피해자가 정식으로 감옥 가기 전에 드러났다는 이유로 처벌이 약해진 것이다.

'웃긴 거지.'

그가 감옥에 가지 않은 것은 노형진이 노력해서 그런 거지 그들이 뭘 어찌해서 그런 게 아니다.

그런데 그 덕분에 그들의 처벌이 약해졌다.

"오래돼서 남자는 기억이 안 났습니다만. 하긴, 한 번 본 게 다였으니까요. 그때 제가 가족 관계 증명서를 요구하자마자 바로 튀었거든요."

하지만 여자는 재판 내내 자기는 강간당했다고 질질 짜며 재판정에 나왔으니 알 수밖에 없고.

"그래도 고정관념을 가지고 보는 건 좋지 않다고 생각해요. 꽃뱀이라고 해도 피해자가 될 수도 있는 거 아닌가? 마음잡고 결혼해서 조용히 살 수도 있잖아요?"

머리를 긁적거리는 고연미.

자신이 가지고 온 사건이지만 무조건 색안경을 쓰고 볼 수는 없으니까.

"그건 고연미 변호사님 말씀이 맞습니다만, 둘 다 연관된 꽃뱀 사건이 있다고 하면 이야기가 좀 달라지요. 사람이 쉽게 바뀌는 게 아니거든요. 하물며 같이 사기 치던 사람들이 갑자기 부부라고 등장하니 이상할 수밖에요."

"그런가요?"

"네, 꽃뱀이라고 하면 보통은 남자가 피해자이기는 합니다만……."

노형진은 서류를 나란히 정리하면서 눈을 찌푸렸다.

"여자가 피해자가 되지 말라는 법도 없지요."

노형진은 한숨을 푹 쉬었다.

"생각해 보니 이런 경우도 가능하겠습니다. 이야…… 이건 진짜 생각도 못 한 참신한 방법이네요. 사기꾼들이 변호사보다 빠르다고 하더니, 틀린 말이 아닌 것 같습니다."

대충 상황이 이해가 가기 시작한 노형진은 머리를 절레절레 흔들었다.

완전히 새로운 방식의 사기.

그게 불가능한 게 아니었다.

"이런 경우요? 설마 이것도 사기라고 생각하시는 겁니까?"

"네, 아마도 사기일 겁니다. 전혀 새로운 방식의 사기죠."

노형진은 한숨을 푹 쉬었다.

"형법상의 간통죄가 사라졌잖습니까? 형사적으로 추적될 수 있는 가능성 역시 사라진 거죠. 그러면 민사로 해서 엮어 낼 수 있지요."

노형진은 입맛을 쩝쩝 다셨고, 고연미 역시 알 것 같다는 듯 고개를 끄덕거렸다.

"확실히 형사보다는 민사가 더 안전하죠. 무슨 말씀을 하는지 알 것 같네요. 허…… 이런 방식은 진짜 듣도 보도 못했는데."

형사로 강간 사건이 터지면 당연히 기록에 남는다.

형사 기록은 국가에서 관리한다.

만일 피해자를 조사하는데 그 전에도 강간 사건으로 고소한 경험이 몇 번이나 있다면, 경찰은 꽃뱀이 아닌가 의심할 수밖에 없다.

"민사는 그게 안 되니까. 개별적으로 각 법원이 관리하는데다가 피해자가 그걸 검색할 권한이 없으니까요."

"처벌로 협박하는 게 아니라 돈만 노리는 거라면 확실히 민사도 가능하지요."

노형진은 머리를 긁적거렸다.

"이야…… 인간은 어떻게 해서든 방법을 찾는다고 하지만 이건 아니지 싶네요."

방법은 간단하다.

결혼한 남자가 바람을 피운다.

그리고 부인이 나타나 여자에게 민사소송을 건다.

그럼 바람피운 상대 여성은 배상을 해 줘야 한다.

전에 형사로 고소한 것은 기록이 통합 관리되기 때문에 기록을 찾기 쉽다.

하지만 이건 걸리지 않는다.

아니, 걸릴 일이 없다.

피해자 여성이 의심이나 하겠는가?

어찌 되었건 자신이 바람피운 건 사실이니까.

"더군다나 이건 강제로 한다 안 한다의 문제가 아니까요."

전형적인 꽃뱀 사건은 간단하다.

여자가 타깃을 꼬셔서 잠자리를 가지거나 여관으로 간다.

그리고 성범죄로 묶어 버리는 것이다.

"이런 식의 간통에 관한 민사라면 횟수 제한이 없죠. 궁극적으로 수익률은 이쪽이 더 나을 것 같네요. 거리만 충분하다면 동시다발적으로 여러 개를 할 수 있으니까."

여성을 이용한 전형적인 성범죄 무고의 경우, 아무리 수익률이 높다고 해도 두 번까지가 한계다.

그 이상 신고가 들어가면 경찰도 이상하게 생각한다.

"하지만 민사는 철저하게 개별적 사건이니까. 개개인의 금액 자체는 작겠지만 열 번이든 스무 번이든 모르고 넘어가겠네요."

노형진의 말에 고연미가 고개를 흔들었다.

"아마 그렇지도 않을 거예요. 간통 사건을 잘 안 해서 잘 모르시겠지만, 안 그래도 간통죄가 사라진 후에 간통에 대한 민사상의 손해배상금이 증액되었으니까요. 어떤 면에서는 형사 합의로 받는 돈보다는 더 받을 수도 있고요."

이런 식이면 진짜 과거의 성 무고 사건보다 훨씬 더 돈을 많이 벌 수 있기 때문에 아주 신나게 사기를 치고 다닐 것이다.

"이건 무고로도 방어할 수가 없잖아요. 이거 완전 답이 없네요."

"맞습니다. 무고는 형사상 처벌이니, 민사소송은 무고죄의 소송 대상 자체가 안 되죠. 거기에다 당사자 동의에 의한 관계인 만큼 성적 자기 결정권의 문제군요. 간통죄 폐지 이유가 성적 자기 결정권의 자기 책임 문제였죠? 결국 간통으로 인한 손해배상은 피할 수가 없네요."

어찌 되었건 성관계에 동의한 순간 피할 수 없게 된다.

"그런데 아무리 그래도 그렇지, 여자들이 그렇게 쉽게 넘어간다고요? 전 이해가 안 갑니다."

여전히 고연미는 이해가 안 간다는 듯 고개를 흔들었다.

"안 넘어가겠습니까?"

노형진은 피식 웃으면서 남자의 사진을 내밀었다.

"고 변호사님이야 아이돌 하면서 방송국에서 진짜 잘생긴 사람을 많이 보셔서 눈이 높아지셨겠지만, 이 외모를 보세요."

남자의 사진을 보면서 고연미는 한숨을 폭 쉬었다.

"하긴, 더럽게 잘생기기는 했네요."

"원래 모델 겸 모 엔터테인먼트 연습생이었다고 하더군요."

하지만 잘나가는 모델은 아니었다고 한다.

모델이라고 해서 잘생긴 것으로 끝이 아니다.

스스로 그 장점을 활용할 줄 알아야 하는데, 이 남자는 그럴 능력이 없었던 것이다.

"나중에 알았는데, 이 멍청한 놈이 다른 가수들을 건드리려다가 걸려서 퇴출되었던 거랍니다. 심지어 데뷔도 안 한 애가 이제 막 데뷔한 여자애를 꼬셨다고 하니 소속사 입장에서는 돌아 버릴 일이죠. 데뷔했다는 건 이제 투자한 돈을 회수하려고 한다는 건데, 그 순간 남친이랑 사귄다 뭐 한다 하면 최소한 수억 날리는 거니까. 고정 팬층도 없는, 남친 있는 걸 그룹 멤버를 누가 좋아합니까? 그 여자도 그걸 알고 있었을 텐데도 사귄 거 보면, 여자 꼬시는 데에는 도가 튼 놈이라고 봐야겠지요."

여자가 압도적으로 많은 모델계와 엔터계. 거기서 발정 나서 이리저리 헐떡거리다가 결국 양쪽에서 퇴출된 사람.

"이 얼굴에 화장까지 하고 여자한테 달라붙는다고 생각해 보세요. 거기에다 엔터 쪽에서 좀 배웠으니 어느 정도 연기도 될 테고 노래도 좀 될 테고. 유부남 아닌 것처럼 접근해서 꼬시는 것은 어려운 일이 아닐 겁니다."

"끄응…… 부정은 못 하겠네요. 사실 남자 연예인 중에도 그런 사람들 있어요. 어린애들만 보면 정신 못 차리는. 멍청한 애들은 거기에 홀딱 넘어가서 아예 그룹을 날려 버리기도 하니까, 후우."

거기에다가 처음에는 총각인 척 접근한다.

그 후 여자가 완전히 빠져들었을 즈음에 유부남이라는 걸 인정하는 것이다.

"이런 사건들을 보면 알고 나서 잘라 내는 사람도 있지만 그러지 못하는 피해자들도 많지요."

노형진은 살짝 눈을 찌푸렸다.

가해자인 줄 알았던 간통녀들이 도리어 피해자였던 것.

완전히 사랑에 빠진 사람이 벗어나는 것은 남자든 여자든 쉬운 일이 아니다.

"이런 사건은 저도 처음 들어 봤네요."

"사기꾼은 법보다 빠르다는 게 없는 말이 아니라니까요."

'그래도 그렇지, 이걸 뭐 어떻게 찾아내? 찾아낸 게 신기한 거지.'

어찌 되었건 상대방 여성은 간통녀다.

어디에서든 간통녀를 좋게 보는 사람은 없다.

심지어 그 부모조차도 안 좋게 본다.

당연히 도와주는 사람은 없다.

설사 있다고 한다고 한들, 그들이 전문 사기꾼이라 생각해서 법원을 일일이 다 뒤지면서 관련 사건을 찾아낼 수 있는 사람이 있을까?

"완전 머리 좋네요."

"그러게 말입니다. 그 머리로 공부를 하거나 노력을 했으면 사기꾼이 아니라 세계적인 아이돌이 되었을지도 모르죠."

하지만 어찌 되었건 그 남자는 아이돌보다는 사기꾼의 길을 선택했다.

"하지만 제 생각에는 남자보다는 여자가 더 보스 같습니다."

"보스요?"

"네, 그때 그런 느낌을 받았거든요. 조직을 이끄는 사람은 남자가 아니라 이 여자예요. 아마 이번 작전도 이 여자가 생각했을 겁니다."

노형진은 어이가 없어서 허탈하게 말했다.

"그러면 이걸 어떻게 하죠? 신고부터 해야 하나요?"

"안 받아 줄 겁니다. 동종 형태의 사건이 없지 않습니까? 지금까지 존재하지 않았던 타입의 범죄는 보통은 안 받아 주죠."

동종 사건이 없는, 전혀 새로운 유형의 범죄다.

그런데 당신은 사기꾼한테 당한 거라고 하면 사건이야 수임할 수 있겠지만, 재판에서 질 가능성도 분명히 존재한다.

당연히 수사 방식도 확실하지 않아서, 경찰에서 이런 사건을 받아 줄 가능성은 그다지 높지 않다.

고민을 하던 노형진은 문득 한 사람을 떠올려 냈다.

법에 대한 고정관념이 전혀 없는 사람.

아니, 고정관념이 없다기보다는 아는 게 없는 사람.

그러니 그는 받아 줄 것이다.

"이걸 받아 줄 사람이 딱 한 명 있습니다."

"누군데요?"

"제가 아는 검사입니다. 뭐, 일은 잘 못하지만."

노형진은 머리를 북북 긁었다.

"받아는 줄 겁니다."

오광훈은 사건 기록을 받으면서 물었다.

"그러니까 이게 무슨 죄가 되는데?"

"아마도 사기죄?"

"사기죄? 맞아? 맞는 거야?"

"어…… 맞을걸. 아니, 맞아."

"그래, 네가 맞다고 하면 맞는 거겠지."

법에 대해 쥐뿔도 아는 게 없는 오광훈은 당연히 그걸 받아 줬다.

아마 다른 검사라면 기존 사례를 들먹이면서 안 받아 줬을 것이다.

"친구 좋다는 게 뭐야. 내가 받아 줘야지."

"넌 친구 좋다는 게 문제가 아니잖아. 아직도 형법 총서도 못 떼면 어쩌냐?"

"그게 책이냐? 그건 흉기야!"

오광훈은 부들부들 떨었다.

책을 펼치면 10분도 못 버티고 잠이 쏟아진다.

"책이거든. 판례로도 흉기 아니라고 나왔어."

"아니, 그것도 판례가 있어? 아, 이 미친놈의 법률 세계. 혹시 수면제라는 판례는 없냐?"

노형진은 한숨을 푹 쉬었다.

"그 법률 세계에 들어온 이상 너도 익숙해져야 해."

"그게 가능해야 말이지."

"아니, 이해가 안 간다. 오광훈은 원래 진짜 머리 좋은 녀석이었어."

"그 새끼 대가리 좋은 거랑 나랑 무슨 관계야?"

"너는 그 대가…… 아니, 머리를 가지고 있다고!"

영혼이 바뀐 거지 머리가 바뀐 게 아니다.

당연히 좋은 뇌의 성능은 그대로다.

그런데 왜 저렇게 공부를 못하는 걸까?

'지능은 뇌가 아니라 영혼을 따라가나?'

한숨을 푹 쉰 노형진은 혹시나 해서 그래도 몇 가지 조언을 했다.

"일단 이번 사건의 주요 증거는 우리가 모을 거야. 그러니까 넌 쥐고 있다가 나중에 기소할 준비나 해."

"짭새 안 주고?"

"짭…… 아니, 경찰이라고 몇 번을 말해!"

"그러니까 짭새."

"그래, 일단 그렇다고 치고. 아까도 말했지만 이건 경찰도 곤란해하는 사건이야. 기존에 없는 패턴의 사건인데, 경찰 조직은 그런 타입에는 상당히 약해. 그러니 조사를 시작해도 제대로 뭐가 안 될 거야. 된다고 해도 가해자들이 튀어 버릴 가능성도 높고."

"그러니까 그냥 쥐고 기다리라는 거 아냐, 증거가 올 때까지? 공식적으로는 이건 내 인식 수사고."

"인식 수사가 아니고 인지 수사."

"그게 그거 아냐?"

"아니다, 이 악마야."

노형진은 다시 한번 하늘을 탓하면서 한숨을 길게 쉬었다.

그런 노형진의 마음을 아는지 모르는지, 오광훈은 미심쩍은 시선으로 다시 한번 물었다.

"그런데 이거 정말 사기 맞지?"

⚖

"잘 찍었네요."

송아람이 받았다는 소장의 불륜의 증거는 많았다.

같이 붙어 다니는 사진뿐만 아니라 같이 두 손 잡고 모텔로 들어가는 사진까지.

"아주 충실하게 찍었네요. 예술의 경지까지 다다른 불륜 사진들입니다."

노형진은 그걸 보고 고개를 끄덕거렸다.

전형적인 불륜 현장에 대한 사진이다.

노형진은 그 사진을 책상에 내려놓았다.

그리고 고연미 변호사를 바라보았다.

"어떻게 생각하세요, 이 사진?"

고연미는 고개를 갸웃했다.

그녀도 몇 번이나 본 사진이지만 이상한 건 못 느꼈으니까.

"사진을 봐서는 전형적인데요?"

"그렇게 생각하시나요?"

"네, 그래서 제가 변호사 비용을 내는 것보다는 합의를 권한 거고요."

노형진은 고개를 끄덕거렸다.

"전형적이기는 합니다. 얼핏 보면 사진에서 이상한 것도 없고요."

노형진은 그렇게 말하면서 갑자기 사진 한 장을 들고 몸을 낮췄다.

그리고 구도를 잡아서 사진의 각도를 살폈다.

"하지만 이 상황을 보자면…… 서 있는 각도에서 찍은 사진은 아니에요."

"응? 그게 무슨 말이에요?"

"높이가 다르다는 거죠."

구도를 보면 서서 찍은 사진이 아니라 낮은 각도에서 찍은 거라는 거다.

　"지금 상황으로 본다면 숨어 있는 상태에서 찍은 사진일 가능성이 높아 보이네요. 주변의 지형지물을 보아하니 차를 댈 수 있는 구조는 아니고."

　"그 말은?"

　"이 모텔로 간다는 걸 알고 잠복한 거죠. 보통 간통의 증거로 나오는 사진들은 뒤에서 찍은 게 많아요. 따라다니다가 뒤에서 찍으니까. 하지만 이 사진은 얼굴이 잘 나오게 찍혔어요. 즉, 앞쪽에서 찍었다는 거죠. 조금 앞서가다가 사진을 찍을 수는 없으니, 결국 그들이 어디로 갈지 알고 기다렸다는 거예요."

　"어? 그러고 보니 그러네요. 아무리 봐도 각도가 낮아요. 등장인물만 생각했지 각도는 생각하지 못했네요."

　만일 서서 찍었다면 다리가 좀 더 짧게 보여야 한다.

　하지만 사진에서 보이는 두 남녀의 모습은 상당히 다리가 길어 보였다.

　"흥신소를 써서 그런 거 아닐까요? 그쪽은 전문가들이잖아요. 돌아다니다 보면 자주 가는 곳이 있다거나 그럴 수도 있으니까."

　"흥신소를 써서 찍었다고 해도 말이 안 됩니다."

　흥신소에 부탁하면 분명 이런 사진을 찍어 준다.

하지만 그건 어디까지나 추적하면서 뒤에서 몰래 찍어 주는 거지, 어디로 갈지 알고 찍어 주는 것은 아니다.

"상식적으로, 뒤를 밟는다고 하면 이 각도가 안 나오지요."

뒤에서 몰래 찍을 테니까.

하지만 이 사진은 정확하게 얼굴이 나오도록 찍혀 있다.

그러니까 촬영자가 앞쪽에 있었다는 소리.

그 말은 먼저 들어가서 자리를 잡았다는 것이다.

"하지만 이 사진만 가지고 함정을 판 거라고 주장하기에는 한계가 있지 싶은데요?"

고연미의 우려 섞인 말에 노형진은 고개를 끄덕거렸다.

"저도 동감입니다. 사진의 구도가 이상하다는 것으로 사기라고 증명할 수는 없지요, 일단은. 다른 피해자를 찾아보는 게 어떨까 싶네요."

그리고 그들이라면 좀 더 잘 알고 있을지도 모른다.

"그 사건은 왜 자꾸 꺼내요!"

작은 원룸, 그곳에서 그 당시 상간녀였던 홍영자는 신경질적으로 소리를 질렀다.

하긴, 좋은 기억은 아니니까.

돈도 돈이지만, 사람에게 배신을 당한 사건이었으니까.

"같은 사건이 있었습니다."

"그거랑 나랑 무슨 관계가 있다는 거예요!"

"아무래도 이게 전문적인 사기 같아서 찾아뵌 겁니다."

"전문적 사기?"

"네."

노형진은 그녀에게 사건을 차분하게 설명했다.

그러자 그녀의 손끝이 파르르 떨리기 시작했다.

"그러니까…… 내가…… 만난 사람이 꽃뱀?"

"꽃뱀이라……. 뭐, 용례가 애매하긴 하지만 성향으로 본다면 그럴 가능성도 아주 높지요. 뱀이라고 해서 암컷만 있는 게 아닐 테니까요."

홍영자는 갑자기 표정이 멍해졌다.

힘들어 죽겠는데, 그 모든 게 자신에게서 돈을 뜯어내기 위해 벌어진 일이라고?

"물론 의심의 상황이고 저희가 비밀리에 하는 조사입니다. 아직 형사적으로는 그런 사건이 없었으니까요."

노형진이 말을 덧붙였지만 그녀에게는 더 이상 들리지 않는 듯했다.

그저 눈물만 뚝뚝 흘릴 뿐이었다.

'어쩔 수 없지.'

지금 얼마나 배신감에 치가 떨리는지는 그녀만이 알 것이다.

노형진이 눈짓을 하고 자리를 피하자 고연미가 그녀에게

다가가서 진정시키기 시작했다.

그렇게 두 시간이나 더 지나고 나서야 노형진은 그녀를 다시 만날 수 있었다.

"훌쩍훌쩍……."

얼마나 울었는지 그녀의 작은 몸은 경련이 멈추지 않았지만, 그래도 대화할 정도의 상황은 되는 모양이었다.

"대충 설명은 했어요. 깊게는 이야기하지 않고요."

고연미의 말에 노형진은 고개를 끄덕거렸다.

"상황은 아실 테고, 그래서 저희가 추적을 하고 싶습니다."

"훌쩍…… 뭐가 궁금하신데요."

"데이트 코스가 궁금합니다."

"데이트 코스요? 아니, 그건 왜요?"

"인간은 아는 곳을 가는 습성이 있거든요."

만일 사람이 누군가와 헤어지고 나서 다른 사람을 만나게 된다면 어떻게 행동할까?

과거의 기억 때문에 힘드니 일전에 갔을 때 좋았던 데이트 코스는 절대 가지 않으려고 할까, 아니면 좋은 곳인 걸 알고 있으니 가려고 할까?

진짜 좋아했고 아파했던 사랑이라면 전자일 테고, 그저 그런 관계나 이득이 목표인 관계라면 후자일 것이다.

"데이트 코스를 간다는 것은 일종의 답습 같은 거죠. 특히 이번 사건 같은 경우는 말이죠."

같은 코스라면 답사를 하거나 사진을 찍을 포인트를 미리 알아볼 필요가 없다.

"그냥 그곳에 가서 놀면 되는 거죠."

물론 그곳에서 당사자끼리 만날 가능성도 존재한다.

"하지만 보통 피해자들은 두 번 다시 가지 않죠."

그 장소 자체가 끔찍한 기억으로 남아 있을 테니까.

홍영자는 훌쩍거리면서 고개를 끄덕거렸다.

"맞아요. 그 새끼랑 간 곳은 근처에도 안 갔으니까."

이게 가해자와 피해자의 차이다.

가해자는 아무 생각이 없지만 피해자는 그 상처가 가슴 깊숙이 새겨진다.

"설사 그곳에서 만난다고 해도, 과연 알은척할까요?"

최악이라고 해도, 멱살 잡고 이 새끼 유부남이라고 외치는 정도일 뿐이다.

"만일 유부남인 걸 알고 만난 상태라면 그것도 의미가 없고요."

노형진의 말에 훌쩍거리던 홍영자는 고개를 끄덕거렸다.

아마도 대부분의 피해자는 가해자를 보더라도 그냥 자리를 피하는 선택을 할 것이다.

"그곳에서 그들을 잡을 생각입니다."

"그냥 데이트 코스만 이야기해 드리면 되나요?"

"네. 물론 나중에 진짜로 사실로 드러났을 때 소송을 하실

지는 본인 선택이십니다만, 지금은 데이트 코스만 말씀해 주
시면 됩니다."

"알았어요. 전에 자주 간 곳은······."

노형진은 그녀가 말하는 곳을 재빠르게 받아 적기 시작했다.

⚖️

"진짜 여기 있네요. 완전 뻔뻔하네요. 입맛이 뚝뚝 떨어져
요. 저 여자는 또 누구래요?"

고연미는 좀 떨어진 곳에 있는 한 쌍의 커플에게서 눈을
떼지 못했다.

그러나 노형진은 그들과 등진 채로 태연하게 스테이크를
입에 넣고 있었다.

"또 다른 희생양 중 한 명이겠지요. 지금까지 발견된 사람
이 몇 명이죠?"

"세 명요."

이곳에서 한 명, 공원에서 한 명, 그리고 좀 떨어진 호수
에서 한 명.

두 사람이 본 상대만 벌써 세 명이다.

"아니, 그 짧은 시간에 다섯 명이나 사기를 친다는 게 가
능하단 말인가요? 진짜 이 방식은 어떻게 해서든 세상에 알
려서 막아야 하겠네요."

"기본적으로 추적이 불가능한 사건이니까요."

그러니 매일같이 사기를 치고 다닌다고 한들 피해자들이 알 리가 없다.

노형진은 냅킨으로 고기 기름을 닦으며 만족스러운 듯 웃었지만, 고연미는 아무래도 가해자가 노닥거리는 걸 보니 속이 뒤틀리는 모양이었다.

"가서 깽판 치고 싶은 기분이 드네요."

고연미는 눈을 살짝 찡그리며 말했다.

노형진은 그런 그녀를 말렸다.

"화가 나시는 건 압니다만, 여기서 걸리면 저들은 도망갈 겁니다. 그러면 다른 지역에 가서 사기를 쳐도 모를 겁니다."

"그건 그렇지요. 한 지역에서 이렇게 사기를 치고 다니는데 지역이 바뀌면 더 답이 없겠죠."

고연미는 짜증스럽게 고기를 썰어서 입에 밀어 넣었다.

"왜 이렇게 고기가 질겨."

노형진은 그런 그녀를 보다가 피식 웃었다.

"중요한 건 그게 아니죠. 중요한 건 저 뒤에 있는 인간이죠."

조심스럽게 스테이크를 먹는 여자.

그녀의 행동은 대부분은 자연스러웠다.

한 가지만 빼면.

"저 여자 맞는 것 같죠?"

"네."

다른 사람들 모르게 슬쩍슬쩍 사진을 찍는 여자.

"아무래도 당사자인 곽경화는 현장에 올 수가 없겠죠. 얼굴을 알아보면 안 되니까요."

결국 이런 사기를 치기 위해서는 증거를 모을 다른 사람이 필요하다.

"흥신소일 거라 생각했는데요."

"흥신소는 생각보다 비쌉니다. 거기에다 한두 번 한 사건도 아니고 수십 번을 해 먹을 사건인데 흥신소를 쓴다면, 그쪽도 이상하게 생각할 수도 있죠. 그렇다고 흥신소를 계속 바꿀 수도 없고요. 흥신소는 서로 연계된 경우가 제법 많거든요."

"그러면 저 여자가 공범이라는 거죠?"

"그럴 겁니다. 그리고 여자라는 점에서 이득이 있죠."

고급 레스토랑.

남자가 혼자 와서 점심부터 고급 음식을 먹는다면 이상하게 보는 사람들이 많을 것이다.

하지만 여자가 혼자 와서 음식을 먹는 것은 그다지 이상한 게 아니다.

딱 여자들의 취향에 맞는 식당이니까.

"어떻게 할까요? 저거 당장 경찰 불러서 잡을까요? 아는 검사분이 계시다면서요?"

"그를 불러도 됩니다만, 그래서는 안 됩니다. 저들이 의심을 품고 도주할 테니까요. 그러니 한 방에 잡아야 합니다. 그리고 제가 노리는 건 박주서가 아니라 저 여자입니다."

"저 여자요? 하지만 가해자는 박주서잖아요?"

고개를 갸웃하는 고연미.

그녀가 생각하기로는 일단 박주서를 잡는 게 정상처럼 느껴졌기 때문이다.

하지만 노형진은 다르게 생각했다.

"네. 어차피 이쪽에서 엮어서 들어가도 되겠지만, 우리는 박주서보다는 저 여자가 가진 정보를 캐내는 게 더 좋을 겁니다."

"어째서요? 전 이해가 안 가는데요. 박주서만 잡아도 같은 피해가 더는 발생하지 않을 텐데요."

노형진은 의아해하는 그녀에게 차분하게 말했다.

"남자가 여자를 꼬시는 게 편할까요, 아니면 여자가 남자를 꼬시는 게 편할까요?"

"그게 무슨 말이죠?"

"간단한 거죠. 남자와 여자는 좀 다르죠."

남자는 기회가 된다면 여자와 잠자리를 하려고 한다.

반대로 여자는 어느 정도 상대방의 감정이 확인되기 전에는 잠자리를 가지지 않으려고 한다.

"하긴…… 바람피우는 걸 봐서는 여자가 더 기회가 많네요."

"그리고 이런 간통의 손해배상의 가장 중요한 점은 결국 성관계 여부거든요."

남자가 여자를 꼬시는 데 걸리는 시간이 몇 달이라면, 여자가 남자를 꼬시는 데 걸리는 시간은 몇 주.

그 시간적 간격을 생각하면, 이러한 간통 사기를 할 때 당연히 여자 쪽이 더 많은 사기를 치고 다닐 가능성이 높다.

"더군다나 상대방 여성이 유부녀라고 해도 관계만 맺을 수 있다면 달려드는 놈이 분명 있습니다. 아니, 도리어 유부녀라서 눈깔 뒤집고 달려드는 놈도 있을 겁니다. 그리고 돈도 남자 쪽이 더 받아 내기 쉽죠."

"눈깔이라……. 노 변호사님, 말투가 험해지셨어요."

"끄응……."

노형진은 자신도 모르게 오광훈이 생각났다.

워낙 말이 험해서 자신도 모르게 감염되는 느낌이다.

"어찌 되었건, 돈을 주기에는 확실히 남자가 여자보다는 유리하죠."

"고 변호사님 말씀이 맞습니다."

대부분의 남자들은 직장을 가지고 있으니까.

당장 돈이 없다고 해도, 대출이 나올 것이다.

"아마 피해자들을 찾아보면 대부분 건실한 직장이 있는 사람일 겁니다."

그리고 그런 사람들의 사진이 저 핸드폰 안에 들어 있을 가능성이 높다.

요즘 핸드폰은 저장 용량이 어마어마한 데다가, 부지런히 컴퓨터로 옮기고 삭제할 타입으로는 안 보이니까.

"하지만 저 여자가 누군지 알고요? 이제 또 저 여자를 따라다녀야 하나요? 핸드폰을 열어 보는 건 쉬운 게 아닐 텐데……."

노형진은 고개를 흔들었다.

"아니, 그럴 필요는 없을 겁니다."

노형진은 힐끔 그 여자를 다시 바라보았다.

그녀는 또다시 핸드폰을 들어서 사진을 찍고 있었다.

"여기서 잡을 겁니다."

"어떻게요? 저 여자가 여기서 누구를 때린 것도 아닌데."

"이렇게 말이지요."

노형진은 핸드폰을 들어 저장된 사진과 동영상을 보여 줬다.

"어? 이건?"

"저 여자가 사진을 찍을 때마다 저도 그 여자를 찍었습니다. 요즘은 이런 몰카에 대해 상당히 예민한 경우가 많거든요."

노형진은 그렇게 말하면서 주변을 둘러보았다.

식당을 가득 메운 사람들.

"특히나 이런 곳이라면 더더욱 예민할 수밖에 없습니다."

"어째서요?"

"여기에 있는 손님 중에서 가족 손님이 얼마나 될까요?"

노형진의 말을 고연미는 바로 알아들었다.

"이 안의 불륜 커플들 말이군요."

"생각보다 쉽게 알아보시네요. 전 인터넷 조사하고 나서 알았는데. 여기 불륜 커플이 많다고 소문이 자자하더군요."

"손님을 보면 알죠. 40대 손님이 많지요? 그런데 아이들이 없잖아요. 필요 이상으로 서로 조심하는 것 같고. 저런 사람들은 보통 불륜으로 보면 돼요."

1인당 십수만 원씩 하는 식당.

그런 곳에서 와서 식사를 하는 사람들.

"그런 겁니까? 신기한 기준이네요."

"뭐, 어설픈 프로파일링이라고 해야 하나요? 경험에서 나오는 지혜라고 하면 될 것 같네요. 40대라고 하면 보통은 결혼을 했지요. 그런데 서로 너무 조심하고. 거기에다 결혼한 부부가 애 버리고 여기에 와서 분위기를 잡겠어요?"

"경험에서 나온 지혜요? 그런 이미지가 아니신데요?"

노형진은 살짝 놀랐다.

아이돌 출신인 거야 알고 있지만 그런 경험도 있다니?

고연미는 살며시 웃었다.

"이런 가게에서 알바했어요. 제가 속해 있던 소속사는 가난한 곳이었기 때문에 연습생 시절에 알바를 안 할 수가 없었거든요."

걸 그룹이 될 정도의 외모를 가진 그녀를 식당에서 거절하지는 않았을 것이다.

"그때 불륜 커플을 엄청 봤지요. 이 안에 있는 사람들 중 3분의 2는 불륜 커플일걸요."

"기분 묘하군요. 불륜 사기꾼들이 불륜 커플이 많은 곳에서 밥을 먹다니."

"의외로 어울리지 않아요?"

키득거리는 고연미.

하지만 이번에는 노형진이 그녀를 놀라게 해 줄 차례였다.

"그런데 지금 잡는다는 게 이해가 안 가는데요. 잡힌다고 해서 잡힐 것 같지는 않은데."

"간단한 겁니다. 여기는 불륜 커플이 많지요. 즉, 켕기는 사람이 있다는 거지요."

"그래서요?"

"그런데 저 여자가 계속 주변 사람을 찍어 대고 있습니다. 그러면 사람들은 무슨 생각을 할까요?"

켕기는 게 있다는 것은 감추고 싶은 게 있다는 뜻이기도 하다.

"불륜 커플을 따라다니면서 협박하는 것은 그다지 신기한 사건도 아니지요. 더군다나 뒤에 사람을 붙여서 미행하는 것은 어려운 것도 아니고 말이죠."

"아…… 그러네요. 불륜 커플들이 제일 무서워하는 게 흥신소죠."

"맞습니다. 그리고 흥신소에 남자 직원만 있으라는 법은

이것이 법이다

없거든요."

불륜 커플들 입장에서는 가장 피하고 싶은 순간일 것이다.

"그런데 경찰이 출동한다면 어떨까?"

노형진은 핸드폰을 들어서 112에 전화를 걸며 말했다.

"자, 저 핸드폰에 뭐가 들어 있는지 두고 보자고요, 후후후."

⚖

잠시 후 경찰이 왔다.

그러자 식당의 사람들은 난리가 났다.

그리고 패거리는 확연하게 나뉘었다.

"저 여자가 찍은 사진을 확인해야겠어요!"

"맞아요!"

"뭔가 이상스러워!"

소리를 지르며 사진을 확인해 보자고 덤비는 사람들.

그리고 조용히 이쪽을 바라보는 사람들.

"고객님, 아무리 그래도……."

"아니, 무슨 식당이 이래! 몰래 사진을 찍는 사람들을 놔 두다는 게 말이나 되는 거야?"

"저기, 요즘은 음식 사진을 찍어서 인터넷에 많이 올려서……. 그러니까 오해는 하지 마시고……."

"오해? 오해? 그러니까 핸드폰 까 보라고!"

사람들은 고래고래 소리를 질렀다.

혹시나 자신의 불륜 사실이 발각될까 두려운 것이다.

노형진 역시 거기에 슬쩍 끼었다.

"아니면 그 사진을 못 보여 줄 이유라도 있습니까?"

"그건……."

사진을 찍어 대던 여자는 곤란한 듯 눈을 찌푸렸다.

경찰 역시 눈을 찌푸리면서 말했다.

"그냥 핸드폰을 보여 주시면 됩니다. 사진이 없으면 바로 넘겨드리죠."

경찰 입장에서는 간단한 사건이다.

그런데 해결은 안 되고 시간만 질질 끄니 짜증이 날 수밖에.

"저기, 고객님. 그냥 사진을 한번 보여 주시는 것이……."

심지어 식당에서도 그녀에게 읍소를 했다.

그럴 수밖에 없다. 진짜로 몰카 사진이 맞는다면, 자신들의 식당의 평판이 떨어질 수밖에 없다.

그들이라고 손님들이 불륜 커플인 걸 모를까?

그저 모른 척할 뿐이다.

그런데 여기서 몰카를 찍어서 협박하려고 했던 놈이 있다는 소문이 돌면 손님이 팍 떨어진다.

"아, 진짜! 나는 내가 먹던 음식을 찍은 것뿐이라니까요!"

여자는 발끈하면서 소리를 질렀다.

"그래요? 그거 참 이상하군요."

"뭐가 이상해요! 다 그러는 세상인데!"

"다 사진을 찍기는 하죠. 하지만 먹기 전에 찍어서 올리지, 누가 더럽게 휘적거리면서 먹던 음식을 찍어서 올립니까?"

노형진이 정곡을 찌르자 여자는 순간 그를 무섭게 노려보았다.

그리고 째지는 듯한 목소리로 소리 질렀다.

"내 마음이지!"

"어, 그래요?"

노형진은 고개를 끄덕거렸다.

하긴, 그럴 수도 있다. 하지만 그녀가 사진을 찍었듯이 노형진 역시 사진과 영상을 찍었다.

"하지만 이 사진을 보면 당신이 찍은 사진 각도는 절대 음식을 찍는 각도가 아닌데?"

"허! 몰카 신고한다면서 너야말로 몰카 찍은 거야?"

"증거라는 거죠."

노형진은 그렇게 말하면서 주변을 바라보았다.

"이 중 누구를 찍은 겁니까?"

움찔하는 여자.

"나는 음식 찍었다고!"

"그래요? 그런데 왜 핸드폰을 못 보여 주죠?"

"그건……."

"경찰! 저년을 잡아! 경찰서로 가서 이야기하자고!"

결국 발끈하는 다른 고객들.

그리고 어쩔 줄 몰라 하는 식당 매니저.

보다 못한 경찰이 한숨을 푹 쉬며 말했다.

"지금 핸드폰을 안 주시면 일이 커집니다. 음식만 찍은 거
면 보여 주시죠."

여자는 어쩔 수 없다는 듯 눈을 데굴데굴 굴리다가 결국
핸드폰을 경찰에게 건넸다.

"패턴 풀어 주시고요."

"흥."

결국 패턴까지 풀어서 건네는 여자.

경찰을 그 안에 있는 사진을 확인하기 시작했다.

그리고 이내 고개를 갸웃거리며 말했다.

"별 이상 없는데요."

"네? 뭐라고요?"

"이상이 없다고요?"

"네."

노형진은 자신의 귀를 의심했다.

'그럴 리가 없는데?'

이미 그녀가 사진을 찍는 건 확인했다.

애초에 그녀가 박주서를 찍었다는 것을 알고 있었다.

그걸로 그들을 파고들 생각이었는데, 없다니?

"거봐요! 없잖아요!"

"진짜야?"

"보세요."

경찰은 어쩔 수 없다는 듯 핸드폰을 사람들에게 건넸다.

그러자 사람들도 머쓱한 표정이 되었다.

그게 드디어 노형진의 손에 들어왔을 때, 노형진도 눈이 살짝 올라갔다.

'이것 봐라?'

사진이 없었다.

단 한 장도 말이다.

"기분 나빠서 못 있겠네. 이제 내놔요! 확인했으니까 된 거죠? 내가 다시는 여기에 오나 봐라!"

발끈하며 핸드폰을 낚아채려고 하는 그녀.

노형진은 그런 그녀의 손을 살짝 피했다.

"아니, 지금 뭐 하는 짓거리야!"

"아까 음식 사진 찍었다고 하지 않으셨나요?"

"뭐요?"

"그런데 진짜로 아무것도 없네요, 심지어 음식 사진도."

그녀의 눈썹이 파르르 떨리며 올라갔다.

그리고 그제야 사람들의 눈이 커졌다.

"이년이 삭제한 거네!"

"그러네! 삭제한 거 맞네!"

"이년 잡아!"

발끈하는 사람들과 난감한 표정이 되는 경찰.

"저기, 이런 경우는 증거가 없어서 현행범 체포가 불가능합니다."

"아니, 삭제했다잖아!"

"그것도 증거가 없는 상황이고⋯⋯."

어쩔 줄 몰라 하는 경찰들.

그리고 점점 뒤숭숭해지는 분위기.

노형진은 그들과 상관없다는 듯 뒤로 물러났다.

"뭐, 일단 사진은 사라진 것 같으니 여기서 저는 이만 물러나죠."

"뭐요? 당신이 분란을 일으켰잖아요!"

"그래요? 그러면 사진 복구 작업까지 한번 해 볼까요?"

노형진의 질문에 순간 입을 다무는 여자.

"뭐, 복구비가 많이 드는 건 사실이니까 의미도 없는 멍청한 짓은 안 하실 거라 생각합니다. 사실 복구하신다고 해도 저는 별반 문제 될 게 없거든요. 회사 사람이랑 밥 한 끼 먹은 것뿐이니까."

노형진은 어깨를 으쓱하면서 뒤로 빠졌다.

"아니, 당신 진짜⋯⋯!"

노형진에게 화를 내려고 하던 그녀는 자신을 에워싸는 다른 사람들 때문에 화를 낼 수가 없었다.

상대는 노형진과 다르게 잃을 게 많은 사람들이었으니까.

"사진 어쨌어!"

"사진 없다니까!"

바락바락 싸우는 그들을 보면서 뒤로 물러난 노형진은 고연미에게 다시 돌아왔다.

"진짜로 사진이 없나요?"

"네, 지웠어요."

"그사이에 지웠나 보네요. 하긴, 어려운 게 아니니까."

사진 삭제야 금방 할 수 있는 일이다.

그러니 어렵지 않게 지웠을 것이다.

"아깝네요."

"뭐가요?"

"그 사진이 있으면 범죄를 확신할 수 있었을 텐데."

"아하하하하."

고연미의 말에 크게 웃는 노형진.

"왜 그러세요?"

"제가 사진을 지웠다고 했지 없다고는 안 했습니다."

"네?"

"자, 사진 가지러 가죠, 삭제되기 전에."

노형진의 말에 고연미는 어리둥절할 수밖에 없었다.

다음 권으로 이어집니다

꿈의 도약, 로크에서 하십시오
(주)로크미디어에서 신인 작가를 모십니다

즐거운 세상, 로크미디어는 꿈을 사랑하고 도전을 두려워하지 않는 작가 분들의 참신한 작품을 기다리고 있습니다. 21세기 장르 문학계를 이끌어 갈 차세대 선두 주자 (주)로크미디어에서 여러분의 나래를 활짝 펴 보시길 바랍니다.

모집 분야 판타지와 무협을 포함한 장르 문학
모집 대상 아마추어 작가, 인터넷 작가
모집 기한 수시 모집

작품 접수 시 유의 사항

1. 파일명은 작가명_작품명.hwp형식을 갖춰 주십시오.
1. 파일에 들어갈 내용은 다음과 같습니다.
   - 성명(필명인 경우 실명을 밝혀 주세요), 연락처, 이메일 주소
   - 제목, 기획 의도
   - A4용지 1장 분량의 등장인물 소개
   - A4용지 2장 분량의 전체 줄거리
   - 본문
1. 작품이 인터넷에 연재되고 있다면, 게시판명과 사이트의 구체적이고 정확한 주소를 기재해 주십시오.

선택된 작품은 정식 계약 후 출판물로 간행되어 전국 서점에 유통됩니다.
작가 분은 (주)로크미디어의 전폭적인 지원하에 전속 작가로 활동하시게 됩니다.
※ 자세한 내용은 로크미디어 홈페이지(rokmedia.com)를 참조하세요.

(03920)서울시 마포구 성암로 330 DMC첨단산업센터 3층 318호
(주)로크미디어 편집부 신간 기획 담당자 앞
전화 : 02) 3273 - 5135
www.rokmedia.com   이메일 : rokmedia@empas.com

신이 축복한 남자

정한담 현대 판타지 장편소설

대사 하나 없는 엑스트라
천재들의 재능을 복사하다!

고된 단역배우 생활을 이어 가던 중
톱 여배우 이지수를 구하고 목숨을 잃은 연정우
그의 성품에 감복한 신의 축복을 받다!
연기, 노래, 액션 심지어 작가의 재능까지?

"너 지난주에는 이렇게 못 하지 않았나……?"

재능 복사로 폭발적인 성장!
국내, 아니 전 세계 연예계를 접수한다!

ROK
MEDIA
로크미디어

철종 哲宗

강동호 대체역사 소설

『효종』『대망』의 작가, 강동호!
미래의 지식으로 군림할 **철종**과 돌아오다!

4년 차 역사학 시간강사 태수
전임 교수 임명에 제외된 날 트럭에 치였는데
정신을 차리니 철종이 되었다?

세계열강이 아시아를 욕심내는 1850년대
조선을 지키기도 벅찬 마당에
국정 농단으로 나라를 좀먹는 세도정치와
온갖 패악을 부리는 서원까지……

내탕금을 털어 키운 정보 조직을 이용해
내부의 적은 때려잡고
화폐개혁과 군사제도 역시 개편해
전쟁의 역사에 맞서 조선의 운명을 뒤바꾼다!

예정된 혼돈의 시대
시간을 거스른 철종, 진정한 군주가 되어
조선을 지키고 세상을 가질 것이다!